D1077890

Vom selben Autor
in der Reihe
ULLSTEIN 2000 — Science Fiction:

Die Lady mit dem 6. Sinn
(Ullstein Buch 3073)

Ullstein Buch Nr. 3119
im Verlag Ullstein GmbH,
Frankfurt/M — Berlin — Wien
Titel der amerikanischen
Originalausgabe:
THE IMPOSSIBLES
Aus dem Amerikanischen übersetz
von Otto Kuehn

Umschlagillustration: Dell
Copyright © 1963 by
Pyramid Publications, Inc.
Übersetzung © 1975
by Verlag Ullstein GmbH,
Frankfurt/M — Berlin — Wien
Printed in Germany 1975
Gesamtherstellung:
Augsburger Druck- und
Verlagshaus GmbH
ISBN 3 548 03119 6

Mark Phillips

Kampf gegen die Unsichtbaren

SCIENCE-FICTION-Roman

Herausgegeben
von Walter Spiegl

ein Ullstein Buch

1

Der Gehsteig fühlte sich so weich an wie ein gutes Bett. Malone lag mit angezogenen Knien darauf und dachte an gar nichts. Er war entrückt in einen Traum, den er nicht unterbrechen wollte. Denn da gab es das Mädchen, ein ganz bezauberndes Geschöpf, schöner als er es sich je hätte vorstellen können, mit großen blauen Augen, langem blondem Haar und einer Figur, auf die jedes Fotomodell stolz gewesen wäre. Und sie hatte ihre zarte weiße Hand auf seinen Arm gelegt und blickte zu ihm auf, ergeben und vertrauensvoll, und da war sogar Bewunderung in ihren Augen, und ihre Stimme war wie ein Hauch, voll Unschuld und Versprechungen.

»Ich würde sehr gern mit Ihnen in Ihre Wohnung gehen, Mr. Malone«, sagte sie.

Malone lächelte sie an, sanft, aber selbstbewußt. »Nennen Sie mich Ken«, sagte er, wobei ihm bewußt wurde, daß er über zwei Meter groß war und wie ein Athlet gebaut. Er berührte die Schulter des Mädchens mit seiner Hand, und ein Schauder der Freude durchlief ihren Körper.

»Ist gut — Ken«, sagte sie. »Wissen Sie, jemanden wie Sie habe ich noch nie kennengelernt, ich meine, einen so prächtigen Menschen, und, nun ja, Sie wissen schon . . .«

Malone reagierte darauf mit einem bescheidenen Lächeln, während seine Brust voll Stolz über so viel Männlichkeit zu schwellen schien. Etwas drückte gegen seine Brust, und er wußte, das war die Brieftasche, zum Bersten voll von Tausend-Dollar-Scheinen.

Aber dies war nicht der Augenblick, um an Geld zu denken.

Nein, sagte sich Malone. Abenteuer, Romantik, Liebe, nur das zählte jetzt. Er blickte auf das Mädchen hinab und legte seinen Arm um ihre Taille. Sie kuschelte sich an ihn.

So führte er sie langsam den Gehsteig hinunter zu seinem Wagen, der an der Straßenecke stand. Es war ein Fahrzeug, das den Göttern würdig gewesen wäre, ein prächtiger roter Cadillac, schnell wie ein Düsenjäger, mit vollautomatischem Steuerungs- und Bremssystem, eingebauter Quadrophonie-Anlage, Kassettenrekorder und dreidimensionalen Fernsehempfängern vorn und hinten. Es war das diesjährige Modell, aber er hatte sich bereits entschlossen, den Wagen im Frühjahr gegen das neueste Modell einzutauschen. Bis dahin würde er sich damit noch bescheiden müssen.

Er half dem Mädchen beim Einsteigen, ging hinüber auf die andere Seite und setzte sich hinter das Steuer. Von irgendwo her kam leise Musik, und durch die Windschutzscheibe fiel das Licht eines strahlenden Sonnenuntergangs, als Malone auf einen Knopf des Armaturenbrettes drückte und der rote Cadillac sich in Bewegung setzte, die breite, leere Prachtstraße hinunterzurollen begann, der untergehenden Sonne entgegen . . .

Roter Cadillac?

Der Gehsteig fühlte sich plötzlich härter an, und Malone merkte jetzt, daß er auf dem Pflaster lag. Es war etwas ganz Entsetzliches geschehen; das wußte er sofort. Er öffnete die Augen, um nach dem Mädchen zu sehen, aber die Sonne strahlte unangenehm grell. In seinem Kopf schien ein Hundertmannorchester einen Trauermarsch zu spielen, und schnell schloß er die Augen wieder.

Der Gehsteig unter ihm geriet in Bewegung, und irgendwie gelang es ihm, das Gleichgewicht zu halten. Nach ein paar Minuten hatte sich der Gehsteig wieder beruhigt. Aber sein Kopf schmerzte furchtbar. Das mußte mit dem zu tun haben, was ihm zugestoßen war, aber Malone wußte es nicht genau. Um ehrlich zu sein, er wußte überhaupt nichts, und er begann sich selbst Fragen zu stellen, um Gewißheit zu erhalten, daß er wirklich vorhanden war.

Er fühlte sich nämlich gar nicht so, als ob er voll und ganz da sei. Ihm schien es so, als habe man Teile von ihm ausgewechselt und durch minderwertige ersetzt. Man hatte an ihm herumexperimentiert, und irgend etwas war schiefgegangen. Die Fragen, die er sich selbst stellen wollte, fielen ihm zunächst nicht ein, aber nach einer Weile klappte es dann doch.

Wie heißen Sie?
Kenneth Malone.
Wo wohnen Sie?
Washington, D.C.
Welchen Beruf haben Sie?
Ich arbeite für das FBI.
Was zum Teufel treiben Sie dann auf einem Gehsteig mitten

6

in New York und am hellichten Tage?

Er suchte nach einer Antwort, aber es schien keine zu geben, so sehr er sich auch bemühte. Nur der rote Cadillac beherrschte seine Gedanken.

Und was das alles mit einem roten Cadillac zu tun hatte, hätte Malone beim besten Willen nicht sagen können.

Sehr langsam und vorsichtig öffnete er wieder die Augen, erst das eine, dann das andere. Jetzt erkannte er, daß das Licht nicht von dem prächtigen Sonnenuntergang herrührte, von dem er geträumt hatte, daß die Sonne nämlich schon vor mehreren Stunden untergegangen sein mußte, einmal ganz davon abgesehen, daß Sonnenuntergänge in New York eigentlich nie der Rede wert sind, und er unter einer Straßenlaterne lag.

Er schloß die Augen wieder und wartete geduldig, daß sein Kopf Ruhe gäbe.

Weitere Minuten vergingen. Offensichtlich hatte sein Kopf nicht die Absicht, ihn in Ruhe zu lassen. Aber es war schließlich sein einziger, gleichgültig, wie er sich anfühlte. Er mußte sich mit seinem gegenwärtigen Zustand abfinden.

Also öffnete er die Augen, und dieses Mal behielt er sie offen. Lange stierte er den Lampenmast an, musterte ihn und entschloß sich, es auf den Versuch ankommen zu lassen, dem Mast ein Gewicht von einhundertfünfundsechzig Pfund gestandenen FBI-Mannes anzuvertrauen, dessen Kopf die Dimensionen eines Kinderluftballons zu haben schien. Mit beiden Händen griff er nach dem Mast, zog sich daran empor und stellte befriedigt fest, daß seine Beine die Bewegung mitgemacht hatten und sich jetzt unter ihm befanden.

Nachdem ihm bewußt geworden war, daß er stand, wünschte er sogleich, die bequeme Unterlage des Gehsteigs nicht verlassen zu haben. Sein Kopf drehte sich wie ein Kreisel, und der durch diese Bewegung hervorgerufene Strudel schien seinen Geist hinabziehen zu wollen. Verzweifelt klammerte er sich an den Laternenmast und bemühte sich, bei Bewußtsein zu bleiben.

Eine Ewigkeit verging, vielleicht zwei, drei Sekunden. Malone stand da und rührte sich nicht, als die beiden Polizisten des Weges kamen.

Der eine von ihnen war ein großer Mensch, mit einer metallisch klingenden Stimme und einem Gesicht, das aussah, als hätte man es zu lange auf ein heißes Waffeleisen gedrückt. Er näherte sich Malone von hinten und tippte ihm auf die Schulter, aber Malone spürte das kaum. Dann brüllte ihm der Polizist ins Ohr:

»Was ist denn los, Mann?«

Das offensichtliche Mitgefühl des Mannes tat Malone wohl. Es ist immer ein schönes Gefühl, wenn man weiß, daß man Freunde hat. Trotzdem wünschte er sich im Hintergrund seines Gedächtnisses, daß der Polizist und sein Kollege, eine kleinere und dünnere Ausgabe dieser Spezies Mensch, doch endlich wegginge und ihn in Ruhe ließe. Dann könnte er sich wenigstens wieder hinlegen und ein paar hundert Jahre schlafen.

»Mallri«, sagte er.

»Alles in Ordnung?« fragte der große Schutzmann. »Dann ist's ja gut. Ist ja prima. Am besten, Sie gehen jetzt heim und schlafen sich aus.«

»Schlafen?« fragte Malone? »Nach Hause?«

»Na ja, dorthin, wo Sie wohnen, Freundchen«, sagte der große Polizist. »Kommen Sie schon. Sie können hier nicht die ganze Nacht auf dem Gehsteig stehen.«

Malone schüttelte den Kopf und nahm sich im gleichen Moment vor, dies nie mehr zu tun. Eine üble Krankheit hatte ihn befallen. Sein Gehirn war locker geworden, und die Innenseite seines Schädels war mit Sandpapier überzogen. Jedesmal wenn er den Kopf bewegte, rieb sein Gehirn gegen das Sandpapier.

Die beiden Ordnungshüter hielten ihn für betrunken. Das war ungerecht. Er durfte nicht zulassen, daß Polizisten etwas Schlechtes über einen FBI-Mann dachten. Die würden hingehen und allen, die es hören wollten, erzählen, daß das FBI Betrunkene und Streuner beschäftigt.

»Bin nicht betrunken«, sagte er deutlich.

»Klar«, sagte der große Polizist. »Ihnen fehlt gar nichts. Nur der Letzte war vielleicht zuviel.«

»Nein«, sagte Malone. Diese Anstrengung erschöpfte ihn, und er mußte erst Luft holen, bevor er weiterreden konnte. Die beiden Polizisten warteten geduldig, und schließlich sagte er: »Jemand hat mich niedergeschlagen.«

»Niedergeschlagen?« fragte der große Polizist.

»Richtig.« Im letzten Moment fiel Malone ein, daß er nicht nicken durfte.

»Können Sie die Person beschreiben?« fragte der große Polizist.

»Habe ihn nicht gesehen«, antwortete Malone. Er nahm die eine Hand vom Mast, hielt sich aber mit der anderen desto verzweifelter daran fest. Er blickte auf seine Armbanduhr. Die Zeiger schienen den Veitstanz zu haben, aber nach einer Weile beruhigten sie sich. Es war fünf Minuten nach ein Uhr morgens. »Ist erst vor ein paar Minuten passiert«, sagte er. »Vielleicht erwischen sie ihn.«

Der große Polizist erklärte: »Hier war niemand. Keine Menschenseele hier, bis auf Sie.« Nach einer Pause fügte er hinzu: »Zeigen Sie mir einmal Ihre Papiere. Oder hat man Ihnen die Brieftasche gestohlen?«

Malone überlegte, ob er nach seiner Brieftasche greifen sollte, entschied sich aber dagegen. Dies hätte komplizierte Bewegungen erfordert, die er im Augenblick lieber unterlassen wollte. Auf keinen Fall durfte er den Mast loslassen. Dann fiel ihm ein, daß er diese Arbeit den Polizisten überlassen könnte. »In der Innentasche meiner Jacke«, sagte er.

Der Kollege des großen Polizisten blickte Malone von unten herauf an. Sein Gesicht drückte rein gar nichts aus, als er sagte: »He, Mann, Sie haben ja Blut am Kopf.«

»Weiß der Teufel«, sagte der große Polizist. »Sam hat recht. Sie bluten, Mister.«

»Gut«, sagte Malone.

Der große Polizist fragte: »Was?«

»Ich hatte schon Angst, der zu hohe Blutdruck würde mir den Schädel sprengen«, erklärte Malone. Das Sprechen fiel ihm inzwischen etwas leichter. »Aber solange das Sicherheitsventil funktioniert, besteht keine Gefahr.«

»Hol seine Brieftasche«, sagte Sam. »Ich behalte ihn im Auge.«

Eine Hand wurde unter Malones Jacke geschoben. Es kitzelte ein bißchen, aber Malone tat nichts dagegen. Natürlich fand die Hand nicht sogleich Malones Brieftasche. Als sie den klobigen Gegenstand berührte, den Malone in einem Lederhalfter unter der Achsel trug, erstarrten die Finger. Dann begannen sie den Gegenstand ganz vorsichtig herauszuziehen.

»Was ist denn, Bill?« fragte Sam.

Bill blickte auf das, was er in der Hand hielt. Er wirkte ein wenig verstört. »Ein Revolver«, sagte er.

»Mein Gott«, sagte Sam. »Der Kerl ist bewaffnet. Paß auf ihn auf! Laß ihn nicht entkommen.«

Malone war weit davon entfernt, auch nur einen Schritt zu wagen. »Das hat schon seine Richtigkeit«, sagte er.

»Hat sich was«, sagte Sam. »Es ist ein .44er Magnum. Was haben Sie mit dem Schießeisen vor, Mann?« Der Ton war alles andere als freundlich und höflich. »Warum sind Sie bewaffnet?«

»Ich bin ja gar nicht bewaffnet«, sagte Malone etwas abwesend. »Ihr Kumpel Bill hat den Revolver.«

Bill wich zurück, steckte den Magnum in die Tasche und hielt seinen eigenen Dienstrevolver auf den FBI-Mann gerichtet. Mit der anderen Hand zog er das kleine Funksprechgerät aus der Tasche und rief mit deutlich nervöser Stimme den nächsten Funkstreifenwagen.

Sam sagte: »Mein Gott. Ein Revolver. Er könnte alle damit erschießen.«

»Nimm ihm die Brieftasche ab«, sagte Bill. »Jetzt kann er dir nichts mehr tun. Ich habe ihn entwaffnet.«

Malone hatte das Gefühl, ein sehr gefährlicher Mensch zu sein. Vielleicht war er tatsächlich ein übler Ganove. Genau wußte er es nicht. Das mit dem FBI-Mann könnte er sich ja nur eingebildet haben. Hiebe auf den Schädel riefen manchmal die seltsamsten Reaktionen hervor. »Ich werde alle durchlöchern«, sagte er mit rauher Stimme, die geradewegs aus der Unterwelt zu kommen schien. Überzeugend klang es jedoch nicht. Sam näherte sich vorsichtig und zog ihm behutsam die Brieftasche aus dem Jackett, so als wäre Malone eine Zeitbombe, die jeden Augenblick explodieren könne.

Eine Weile herrschte Stille. Dann sagte Sam: »Gib ihm den Revolver wieder, Bill«, und es klang sehr beeindruckt und respektvoll.

»Ich soll ihm seinen Revolver wiedergeben?« fragte der große Polizist. »Bist du übergeschnappt, Sam?«

Sam schüttelte langsam den Kopf. »Nein«, sagte er. »Aber wir haben einen kapitalen Bock geschossen. Weißt du, wer das ist?«

»Ich weiß, daß er bewaffnet war«, sagte Bill. »Mehr interessiert mich nicht.« Er steckte das Funksprechgerät ein und konzentrierte sich wieder auf Malone.

»Er ist tatsächlich vom FBI«, sagte Sam. »Der Ausweis steckt in der Brieftasche. Und damit nicht genug, Bill. Er ist Kenneth J. Malone.«

Na also, dachte Malone erleichtert. Jetzt war alles klar. Er war also doch kein Gangster. Er war der FBI-Mann, den er so sehr schätzte und bewunderte. Hoffentlich unternahmen die Polizisten jetzt etwas wegen seines Kopfes und ließen ihn in Ruhe sterben.

»Malone?« fragte Bill. »Du meinst den, der hierher gekommen ist, um sich mit den roten Cadillacs zu befassen?«

»Genau der«, sagte Sam. »Also gib ihm jetzt seinen Revolver.« Er wandte sich wieder an Malone. »Hören Sie, Mr. Malone«, sagte er. »Wir müssen uns entschuldigen, wir entschuldigen uns tausendmal.«

»Ist schon gut«, sagte Malone geistesabwesend. Langsam bewegte er den Kopf und blickte sich um. Er fand seinen Verdacht bestätigt. Von einem roten Cadillac gab es weit und breit keine Spur, und so, wie die Straße aussah, würde sich hierher auch nie einer verirren. »Er ist fort«, sagte er, aber die Polizisten hörten gar nicht zu.

»Wir bringen Sie am besten ins Krankenhaus«, schlug Bill vor. »Sobald der Streifenwagen kommt, fahren wir Sie ins St. Vincents. Können Sie uns sagen, was geschehen ist? Oder ist es geheim?«

Malone wußte nicht recht, was an einem Schlag über den Schädel so geheimnisvoll sein sollte. Und darüber nachdenken wollte er jetzt nicht. »Ich könnte es Ihnen schon sagen«, sagte er, »wenn Sie mir zuvor eine Frage beantworten.«

»Natürlich, Mr. Malone«, sagte Bill. »Wir helfen Ihnen gern.«

»Ist doch selbstverständlich«, sagte Sam.

Malone bedachte sie mit einem, wie er hoffte, gnädigen Lächeln. »Also dann«, sagte er. »Wo zum Teufel bin ich eigentlich?«

»In New York«, sagte Sam.

»Das weiß ich«, entgegnete Malone leicht resignierend. »Aber wo genau in New York?«

»In der 9. Straße«, beeilte sich Bill zu erklären. »In der Nähe von Greenwich Village. Sind Sie hier durchgekommen, als Sie niedergeschlagen wurden?«

»Ich vermute es«, sagte Malone. »Sicher.« Er nickte, und gleich fiel ihm ein, daß er es nicht hätte tun dürfen. Er schloß die Augen, bis die Welle des Schmerzes etwas abgeflaut war, dann öffnete er sie wieder. »Ich hatte es satt, zu warten, daß sich in dieser Sache von selbst etwas tat«, sagte er. »Und weil ich nicht schlafen konnte, machte ich einen Spaziergang. Ich landete in Greenwich Village. Übrigens keine Gegend, wo ein rechtschaffener Mensch landen sollte.«

»Ich weiß schon, was Sie damit meinen«, sagte Sam mitfühlend. »Hier wimmelt es nur so von Spinnern und Übergeschnappten.«

»Ich meine nicht die Menschen«, sagte Malone. »Es sind diese winkligen und krummen Gassen. In jeder anderen Stadt finde ich mich leichter zurecht als hier in diesem Gewirr. Sei's wie es sei«, fuhr Malone fort, »ich habe diesen roten Cadillac gesehen.«

Die beiden Polizisten blickten sich hastig um, dann wandten sie sich wieder an Malone. Bill begann zu sprechen: »Aber hier ist doch gar kein —«

»Ich weiß«, sagte Malone. »Jetzt ist er fort. Das ist ja das Schlimme.«

»Soll das heißen, daß jemand eingestiegen und weggefahren ist?« fragte Sam.

»Soweit ich es übersehen kann«, sagte Malone, »könnte er auch Flügel bekommen haben und davongeflogen sein.« Er machte eine Pause. »Aber als ich ihn sah, da beschloß ich, mal hinzugehen und ihn mir anzuschauen. Für alle Fälle.«

»Sicher«, sagte Bill. »Ist doch logisch.« Er sah dabei seinen Kollegen an, so als warte er nur darauf, dessen Widerspruch zurückweisen zu können. Aber der war weit davon entfernt, Einwände zu erheben.

»Die Straße war menschenleer«, fuhr Malone fort. »Ich ging also hin und probierte am Türgriff. Das ist alles. Ich habe die Tür nicht geöffnet. Und ich kann schwören, daß sich niemand hinter mir befand.«

»Nun«, sagte Sam, »die Straße war verlassen, als wir hierher kamen.«

»Aber jemand hätte mit dem roten Cadillac wegfahren können, bevor wir hierher kamen«, sagte Bill.

»Sicher«, meinte Malone. »Aber wo soll er hergekommen sein? Mir ist, als habe mir jemand etwas unbeabsichtigt auf den Kopf fallen lassen. Vielleicht einen kleinen Panzerschrank. Jedenfalls hinter mir war niemand.«

»Hat aber jemand sein müssen«, sagte Bill.

»Sie können mir glauben«, sagte Malone, »da war niemand.«

Eine Weile sagte keiner etwas.

»Und was geschah dann?« fragte Sam. »Nachdem Sie nach dem Türgriff faßten, meine ich?«

»Dann?« fragte Malone. »Dann ging das Licht aus.«

Die Lichtkegel eines Fahrzeuges schwenkten um die Ecke. Bill sah hin. »Der Streifenwagen«, sagte er und ging ihm entgegen.

Der Fahrer war eine bullige Type mit dem Gesicht eines Pekinesen. Sein Begleiter, ein hochgewachsener Bursche, dem ein breitkrempiger Cowboyhut besser gestanden hätte als die blaue Polizeidienstmütze, streckte den Kopf aus dem Fenster und blickte Bill, Sam und Malone an.

»Was ist passiert?« fragte er.

»Gar nichts«, sagte Bill und trat an den Wagen heran. Mit leiser Stimme sprach er auf die beiden Polizisten im Streifenwagen ein. Währenddessen legte Sam seinen Arm um Malone und zog ihn vom Laternenmast weg.

Erst wollte Malone nicht loslassen. Aber Sam war stärker, als er aussah. Er führte den FBI-Mann zum Streifenwagen, öffnete die hintere Tür und half Malone beim Einsteigen. Bill sagte gerade: »Mit der Kopfverletzung ist es besser, wenn ihr ihn ins St. Vincents bringt. Da ihr schon hier seid, geht es schneller, als wenn wir auf einen Krankenwagen warten würden.«

Der Fahrer machte ein unwilliges Geräusch. »Wenn du das nächste Mal ein Taxi brauchst«, sagte er, »ruf uns ruhig an. Wir haben ja sonst nichts zu tun.«

»Ihr könnt froh sein, daß ihr eure Runden nicht zu Fuß drehen müßt«, erwiderte Bill etwas pikiert. »Und außerdem«, fügte er mit eindringlicher Flüsterstimme hinzu, »ist das einer vom FBI.«

»Es heißt doch immer, daß das FBI supermodern ausgerüstet sei«, meckerte der Fahrer weiter. »Warum ruft er keinen Hubschrauber oder eine Düsenmaschine?« Dann schien ihm einzufallen, daß durch Schimpfen die Situation doch nicht zu ändern sei. »Ach, vergiß es«, sagte er und setzte den Wagen mit einem merklichen Ruck in Gang.

Malone hatte keine Lust, sich mit diesen beiden Männern auf eine Diskussion einzulassen. Er war müde, und es war spät geworden. Er lehnte den Kopf zurück und versuchte, sich zu entspannen. Aber immer wieder mußte er an rote Cadillacs denken. Er wünschte, nie etwas von roten Cadillacs gehört zu haben.

2

Dabei hatte alles so einfach angefangen. Malone erinnerte sich noch allzu gut an die ersten Anzeichen, daß rote Cadillacs etwas Ungewöhnliches oder Besonderes seien. Bis dahin hatte er sie alle ein wenig neidisch angesehen, ob es nun rote, blaue, grüne, graue, weiße oder gar schwarze Cadillacs gewesen waren, darin hatte er keinen Unterschied gesehen. Für ihn waren sie eine Zurschaustellung von Luxus und Wohlstand und noch einiger anderen Vorteile.

Heute jedoch wußte er nicht mehr so genau, was sie repräsentierten. Was es auch sein mochte, es war in jedem Fall verblüffend und nicht gerade beruhigend.

Eine Woche war es her, daß er das Büro von Andrew J. Burris, dem Direktor des FBI, betreten hatte. Es war ein schöner Raum, holzverkleidet und geräumig, und das Prunkstück war ein riesiger Schreibtisch aus poliertem Holz. Und hinter diesem Prachtmöbel saß Burris, ein wenig abgespannt, aber doch recht umgänglich.

»Sie haben mich gerufen, Chief?« fragte Malone.

»Richtig.« Burris nickte. »Malone, Sie haben in letzter Zeit zu angestrengt gearbeitet.«

Jetzt, dachte Malone, kommt es. Die Entlassung, die er schon immer befürchtet hatte. Endlich hatte Burris festgestellt, daß er nicht der clevere, intelligente, furchtlose und stets wachsame FBI-Mann war, der er eigentlich sein sollte. Burris hatte also festgestellt, daß er bei seinen bisher erfolgreich abgeschlossenen Aufträgen nur Glück gehabt hatte und alles nur reiner Zufall gewesen war.

Nun ja, dachte Malone. Nicht mehr fürs FBI zu arbeiten, würde nicht weiter schlimm sein. Eine gute Stelle fände er immer.

Allerdings fiel ihm im Augenblick keine ein, die ihm Spaß gemacht hätte.

Also beschloß er, ein gutes Wort für sich einzulegen.

»Ich habe gar nicht so viel gearbeitet, Chief«, sagte er. »Zumindest nicht ausgesprochen viel. Ich befinde mich in ausgezeichneter geistiger und körperlicher Verfassung und —«

»Ich habe Sie ausgenützt, Malone, genau das habe ich getan«, sagte Burris, der auf Malones Verteidigungsrede nicht eingegangen war. »Und die Tatsache, daß Sie das beste Pferd in meinem Stall sind, berechtigt mich noch lange nicht, Ihnen nur die harten Nüsse zum Knacken zu geben.«

»Was sagten Sie eben, was ich bin?« fragte Malone mit einem flauen Gefühl im Magen.

»Ich habe Sie auf die schwierigen Fälle angesetzt, weil Sie mit ihnen fertig werden können«, sagte Burris. »Aber das ist kein Grund, Ihnen nun gleich alles aufzuhalsen. Nachdem Sie vor kurzem in der Sache von der Entführung Gorelik und beim Zerschlagen der Falschmünzerbande hervorragende Arbeit geleistet haben, glaube ich, Malone, daß Sie sich ein wenig ausspannen sollten.«

»Ausspannen?« fragte Malone, dem jetzt schon wesentlich wohler zumute war. Das Lob hatte er natürlich nicht verdient. Das wußte er. Durch Zufall war er über die Entführer gestolpert, weil sein Telefon nicht funktioniert hatte. Und im Falle der Falschmünzerbande hatten andere Agenten gute Vorarbeit geleistet, ohne die er den Auftrag nie hätte erfolgreich beenden können. Aber schön war es doch, ein Lob zu hören. Und ohne den nagenden Gewissenswurm noch weiter zu beachten, nahm sich Malone fest vor, auszuspannen und sich zu amüsieren.

»Genau das habe ich gesagt«, sagte ihm Burris. »Ausspannen.«

»Nun«, sagte Malone, »ein Urlaub wäre gewiß nicht schlecht. Ich würde gern zwei Wochen lang rund um die Uhr schlafen, oder vielleicht fahre ich für ein paar Tage nach Cape Cod hinauf. Die Gegend ist dort sehr hübsch. Man hat Ruhe, und ich könnte —«

Er unterbrach seine Rede, denn Burris runzelte die Stirn, und wenn Andrew J. Burris die Stirn runzelte, dann hörte man besser auf zu schwafeln, nahm Haltung an und machte einen intelligenten, wachen Eindruck. »Ja also, Malone«, sagte Burris, und es klang ein wenig traurig, »eigentlich hatte ich an Urlaub, wie Sie sich ihn vorstellen, gar nicht gedacht. Sie sind doch erst im August dran, das wissen Sie doch.«

»Ja, doch, Chief«, sagte Malone. »Aber ich dachte —«

»Und wenn ich es noch so gern möchte«, sagte Burris, »kann ich trotzdem keine Ausnahme machen. Das wissen Sie, Malone. Ich muß mich an den Urlaubsplan halten.«

»Ja, Sir«, sagte Malone. Ein bißchen enttäuscht war er nun doch.

»Aber eine Ruhepause haben Sie dennoch verdient«, sagte Burris.

»Ja dann — wenn —«

»Ich habe mir also folgendes überlegt«, sagte Burris und machte dann eine Pause. Malone wußte nicht recht, wovon sein Chef eigentlich sprach. Aber er hatte inzwischen gelernt, daß es besser war, keine Fragen zu stellen. Früher oder später würde sich Burris ja doch erklären. Tat er es nicht, dann waren alle Spekulationen ohnehin überflüssig.

»Nehmen wir einmal an, ich gebe Ihnen Gelegenheit, eine Weile eine leichte Kugel zu schieben«, sagte Burris. »Sie könnten Ihren Schlaf nachholen, ins Kino oder ins Theater gehen, mit Mädchen essen gehen, nun, Sie wissen schon. Würde Ihnen das gefallen?«

»Nun ja . . .« sagte Malone, der jetzt auf der Hut war.

»Gut«, sagte Burris, »ich wußte es ja.«

Malone öffnete den Mund, dachte kurz nach und schloß ihn wieder. Schließlich hörte es sich nicht schlecht an, was der Chef sagte, und wenn die Sache einen Haken hatte, dann würde er es früh genug erfahren.

»Es geht wirklich nur um eine ganz unwichtige Sache«, sagte Burris und machte eine vage Handbewegung. »Gar kein Problem.«

»So?« fragte Malone.

»Da ist dieser rote Cadillac«, fuhr Burris fort. »Er wurde in der Nähe von Danbury in Connecticut gestohlen und tauchte in New York auf. Der gestohlene Wagen wurde also von einem Bundesland in ein anderes geschafft.«

»Womit der Diebstahl in unsere Zuständigkeit fällt«, sagte Malone und kam sich gleich darauf etwas dümmlich vor.

»Richtig«, sagte Burris. »Sie haben es genau erkannt.«

»Aber die Außenstelle in New York —«

»Natürlich, normalerweise geht uns hier in Washington so etwas nichts an«, sagte Burris. »Ich will Sie auch nur als Beobachter nach New York schicken. Halten Sie die Augen offen, schnüffeln Sie ein wenig herum und teilen Sie mir mit, was geschieht.«

»Wozu brauchen Sie denn in so einem Fall einen Beobachter?« fragte Malone. Burris könnte die Berichte aus New York anfordern und mehr erfahren, als ein einzelner Agent mitzuteilen imstande sein würde. Das deutete doch alles darauf hin, daß etwas faul war im Staate Dänemark. Hinter dieser ganz einfachen Geschichte steckte mehr, als Burris ihn glauben machen wollte, und Malone ahnte, daß eine Löwenjagd im tiefsten Afrika wahrscheinlich ungefährlicher verlaufen würde als sein Beobachterauftrag in New York.

Aber vielleicht täuschte er sich auch. Er verlagerte sein Gewicht vom linken Bein auf das rechte und wartete.

»Nun«, sagte Burris, »es ist, wie gesagt, ein Routineauftrag. Aber irgend etwas in diesem Zusammenhang kommt mir ein bißchen komisch vor.«

»Aha«, sagte Malone, und er wußte, daß dies noch längst nicht alles war.

»Es geht also um folgendes«, sagte Burris schnell, als fürchte er, Malone könnte seine Ansicht ändern und sich weigern, den Auftrag zu übernehmen. »Dieser rote Cadillac, von dem ich Ihnen erzählte, wurde in Danbury als gestohlen gemeldet. Drei Tage später tauchte er in New York auf. Jemand hatte ihn am Straßenrand gegenüber eines Polizeireviers abgestellt. Den Polizisten fiel daran zunächst nichts auf, aber als einer der Beamten zufällig die Liste mit den kürzlich gestohlenen Autos sah, entschloß er sich, über die Straße zu gehen und sich die Zulassungsnummer des Wagens anzusehen. Und dann passierte etwas Komisches.«

»Etwas Komisches?« fragte Malone. Er wußte schon jetzt,

daß, was immer es auch sein mochte, er darüber nicht würde lachen können. Aber er ließ sich von seinen Befürchtungen nichts anmerken.

»Ganz recht«, sagte Burris. »Wenn Sie nun begreifen wollen, was geschehen ist, dann müssen Sie die ganze Sache im Zusammenhang kennen.«

»Natürlich«, sagte Malone.

»Aber das meine ich nicht«, sagte Burris plötzlich.

Malone blickte Burris fragend an. »Was meinen Sie nicht?«

»Begreifen, was geschehen ist«, sagte Burris. »Da liegt der Hund begraben. Sie werden nicht begreifen, was geschehen ist. Ich begreife es nicht, und die anderen auch nicht. Was halten Sie also von der Sache?«

»Von welcher Sache?« fragte Malone.

»Von dem, was ich Ihnen gesagt habe«, fuhr Burris ihn an. »Von diesem Auto.«

Malone atmete tief ein. »Also«, sagte er, »dieser Polizeibeamte ging über die Straße, um sich die Nummernschilder anzusehen. Er scheint richtig gehandelt zu haben. Ich hätte genau dasselbe getan.«

»Das hätten Sie bestimmt«, sagte Burris. »Jeder hätte so gehandelt. Aber hören Sie mir zu.«

»Ja, Chief«, sagte Malone.

»Es war kurz nach Tagesanbruch — früh am Morgen.« Malone fragte sich, ob es Gegenden auf der Welt gäbe, wo der Tag nicht früh am Morgen anbrach. Aber er sagte nichts. »Die Straße war verlassen«, fuhr Burris fort. »Es war schon hell, und die Zeugen sind bereit zu schwören, daß auf der Straße in beiden Richtungen keine Menschenseele zu sehen war. Außer ihnen natürlich.«

»Außer wem?« fragte Malone.

»Außer den Zeugen«, erklärte Burris geduldig. »Vier Polizeibeamte, die vor dem Revier standen und sich unterhielten. Sie waren gerade dabei, ihre Schicht anzutreten. So steht es jedenfalls im Bericht. Ein Glück, daß sie da waren, egal, aus welchem Grund. Es sind die einzigen Zeugen, die wir haben.«

Burris hörte auf zu sprechen. Malone wartete ein paar Sekunden, dann fragte er ganz ruhig: »Zeugen von was?«

»Von der ganzen Sache mit Sergeant Jukovsky«, sagte Burris.

Die Einführung dieses neuen, noch nie erwähnten Namens verwirrte Malone im ersten Augenblick, aber er faßte sich sehr schnell. »Sergeant Jukovsky war also der Mann, der sich den Wagen ansehen wollte«, vermutete er.

»Richtig«, sagte Burris. »Er hat's nur nicht geschafft.«

Malone seufzte.

»Diese vier Polizeibeamten — die Zeugen — schenkten dem Vorgang, den sie für völlig normal und alltäglich hielten, natürlich keine große Beachtung. Aber wir haben ihre Aussagen. Sie standen vor dem Revier und unterhielten sich, als Sergeant Jukovsky herauskam, im Vorübergehen kurz grüßte und die Straße überquerte. Er schien weder besorgt, noch in irgendeiner Weise erregt zu sein.«

»Gut«, rutschte es Malone heraus. »Das heißt, ich höre, Chief«, fügte er hinzu.

»So?« fragte Burris. »Nun denn. Jukovsky behauptet, sich das Nummernschild angesehen und festgestellt zu haben, daß das polizeiliche Kennzeichen mit dem eines der als gestohlen gemeldeten Wagen identisch war. Dann wollte er einen Blick in den Wagen werfen. Und jetzt passen Sie gut auf, Malone. Der Wagen war leer.«

»Nun«, sagte Malone, »er parkte am Straßenrand. Ich nehme an, daß abgestellte Wagen für gewöhnlich leer sind. Was ist also das Besondere in diesem Fall?«

»Warten Sie ab«, sagte Burris, und es klang beinahe drohend. »Jukovsky schwört, daß der Wagen leer war. Er probiert an den Türen, und die sind alle verschlossen, bis auf eine, die Tür zum Fahrersitz. Er macht sie auf, beugt sich hinein, um den Kilometerstand abzulesen, da bekommt er von hinten eins über den Schädel gezogen.«

»Von einem der anderen Polizisten?« fragte Malone.

»Von einem der — was?« fragte Burris. »Nein. Nicht von den Polizisten. Wieso denn auch?«

»Dann ist also etwas auf ihn herabgefallen«, sagte Malone. »Gut. Was ihn getroffen hat, müßte dann eigentlich —«

»Malone«, sagte Burris.

»Ja, Chief?«

»Als Jukovsky auf dem Gehsteig wieder zu sich kam, standen die anderen Polizisten um ihn herum. Auf dem Gehsteig lag Jukovsky, sonst gar nichts. Es kann also nichts auf ihn gefallen sein. Sonst hätte etwas herumliegen müssen. Verstehen Sie, was ich meine?«

»Natürlich«, sagte Malone. »Aber —«

»Was es auch gewesen sein mag«, sagte Burris, »sie haben nichts gefunden. Aber das ist noch nicht ungewöhnlich.«

»Nein?«

»Nein«, sagte Burris mit Nachdruck. »Dann —«

»Moment mal«, sagte Malone. »Sie haben sich auf dem Gehsteig und auf der Straße umgesehen. Aber hat jemand daran gedacht, mal im Wagen selbst nachzuschauen?«

»Dazu bekamen sie keine Gelegenheit«, sagte Burris. »Jedenfalls zu jenem Zeitpunkt noch nicht. Erst als sie in der 125. Straße die Trümmer des Wagens fanden.«

Malone schloß die Augen.

»Und wo befindet sich das Revier, von dem wir sprechen?« fragte er.

»In der Stadtmitte«, sagte Burris. »In den Vierzigern.«

»Und achtzig Straßenzüge nördlich davon hat man dann die Trümmer des Wagen gefunden?« fragte Malone.

Burris nickte.

»Also«, sagte Malone so freundlich wie nur möglich, »da komme ich nicht mit.«

»Das versuche ich Ihnen ja die ganze Zeit über klarzumachen«, sagte Burris. »Nachdem Jukovsky aus dem Wagen fiel, sprang — nach Aussage der Zeugen — der Motor des Wagens an, und dieser fuhr in nördlicher Richtung davon.«

»Aha«, sagte Malone. Er dachte eine Weile nach und entschloß sich, das Risiko einzugehen und eine kleine Frage zu stellen. Sie hörte sich zwar albern an, aber traf das nicht auch auf den ganzen Fall zu? »Der Wagen ist also führer- und herrenlos davongefahren?« fragte er.

Burris wirkte verlegen. »Tja, Malone«, sagte er zurückhaltend, »in diesem Punkt widersprechen sich die Zeugenaussagen. Zwei der Polizisten behaupten, es sei niemand im Wagen gewesen. Absolut niemand. Rein gar nichts, weder klein noch groß.«

»Und die anderen beiden?« fragte Malone.

»Die beiden anderen schwören, sie hätten jemand hinter dem Steuer gesehen«, sagte Burris. »Aber sie können nicht sagen, ob es ein Mann war, eine Frau, ein kleines Kind oder ein Menschenaffe. Sie können sich beim besten Willen nicht vorstellen, wo er, sie oder es hergekommen sein könnten.«

»Phantastisch«, sagte Malone. Auf einmal fühlte er sich müde. Rechte Urlaubsstimmung wollte unter diesen Umständen nicht aufkommen.

»Diese beiden Polizisten schwören, daß etwas — oder jemand den Wagen gesteuert hat«, sagte Burris. »Und das ist noch nicht alles.«

»Nein?« fragte Malone.

Burris schüttelte den Kopf. »Zwei der Polizisten rannten zu ihrem Streifenwagen und begannen die Verfolgung des roten Cadillac. Von den beiden Männern im Wagen hat einer jemand in dem Cadillac gesehen, als er losfuhr. Der andere nicht. Haben Sie verstanden?«

»Ich habe Sie gehört«, sagte Malone. »Aber verstanden habe ich Sie nicht.«

»Nehmen Sie es zur Kenntnis«, sagte Burris, »und hören Sie mir zu. Der Streifenwagen verfolgte den Cadillac zunächst in einem Abstand von etwa zwei Häuserblocks. Der Cadillac fuhr erst nach Westen und die Auffahrtsrampe zur Westside Highway hinauf, die nach Norden, Richtung Westchester führt. Ich würde viel darum geben, zu wissen, welches Ziel der Wagen ursprünglich hatte.«

»Aber er ist verunglückt«, sagte Malone, der sich daran erinnerte, daß man die Trümmer in der 125. Straße gefunden hatte. »Also —«

»Zu dem Unfall kam es erst später«, sagte Burris. »Der Streifenwagen begann langsam aufzuholen. Und — nun hören Sie gut zu — jetzt behaupten *beide* Polizisten, daß sich jemand in dem Cadillac befand.«

»Moment mal«, sagte Malone. »Einer der verfolgenden Polizisten sah niemand auf dem Fahrersitz, als der Wagen davonfuhr.«

»Richtig«, sagte Burris.

»Aber auf der Westside Highway hat er den Fahrer dann gesehen«, sagte Malone. Er dachte darüber nach. »So etwas kann schon passieren. Sie hatten es so eilig, sich an die Verfolgung zu machen, daß sie vielleicht ein bißchen verwirrt waren.«

»Es gibt noch eine andere Erklärung«, sagte Burris.

»Klar«, sagte Malone fröhlich. »Es sind alle verrückt. Die ganze Welt ist verrückt.«

»Dann eben eine dritte«, sagte Burris. »Ich komme darauf zurück, sobald ich über den Wagen zu Ende berichtet habe. Es gibt keine Beschreibung der Person oder des Wesens, das den Cadillac gesteuert hat. Dies nur für den Fall, daß Sie danach fragen sollten.«

Malone hatte überhaupt nicht die Absicht gehabt, irgendeine Frage zu stellen. Er bemühte sich lediglich, möglichst intelligent auszusehen. Burris blickte ihn ein paar Sekunden lang argwöhnisch an, dann fuhr er fort:

»Der Cadillac fuhr inzwischen mit einer Geschwindigkeit von 180 Stundenkilometern und beschleunigte weiter. Aber er konnte den Streifenwagen nicht abhängen, der immer näherrückte. Jedenfalls war es eine wilde Jagd. Zum Glück befanden sich nur wenige Wagen unterwegs, sonst wäre unter Umständen jemand ums Leben gekommen.«

»Wie der Fahrer des Cadillacs«, vermutete Malone.

Burris machte ein Gesicht, als hätte er plötzlich Magenschmerzen. »Nein, so nicht«, sagte er. »Der Cadillac raste in die Ausfahrt zur 125. Straße wie eine Flugbombe hinein. Er fuhr ganz rechts, so als wolle er in die Ausfahrt einbiegen. Aber die Geschwindigkeit war natürlich zu hoch. Er schaffte es nicht, durchbrach die Leitplanke und stürzte hinunter auf die 125. Straße. Nach dem Aufschlag fing er sofort Feuer. Der Streifenwagen konnte noch vor der Ausfahrt abbremsen und zur 125. hinunterfahren. Aber es gab nichts mehr zu tun.«

»Das meinte ich doch«, sagte Malone. »Der Fahrer des Cadillac kam bei dem Unfall ums Leben. Wenn der Wagen Feuer gefangen hat, dann —«

»Nur keine voreiligen Schlüsse ziehen, Malone«, sagte Burris. »Warten Sie. Als die beiden Polizisten aus dem Streifenwagen zu dem Wrack kamen, sahen sie niemand im Cadillac.«

»Die Hitze dürfte —« setzte Malone zum Sprechen an.

»Weder die Zeit noch die Hitze hätten ausgereicht, einen menschlichen Körper zu zerstören«, sagte Burris. »Jedenfalls nicht restlos. Teile der Karosserie waren zwar geschmolzen, aber man hätte zumindest Spuren von der Person finden müssen, die sich im Wagen befunden hatte. Sehr deutliche Spuren sogar, trotz der gegebenen Umstände. Aber da war nichts. Keine Leiche, keine Überreste, einfach nichts.«

Malone ließ sich diese Mitteilung durch den Kopf gehen. »Aber die Polizisten sagten doch —«

»Was immer die Polizisten gesagt haben mögen«, fuhr Burris auf, »es befand sich jedenfalls niemand in dem Cadillac, als er auf die 125. Straße hinunterstürzte.«

»Augenblick«, sagte Malone. »Wir haben es also mit einem Wagen zu tun, dessen Fahrer praktisch nach Belieben verschwinden und wieder auftauchen kann. Manchmal ist er da, manchmal ist er nicht da.«

»Sehen Sie«, sagte Burris. »Und deshalb erwähnte ich vorher diese zweite Erklärung.«

Malone verlagerte das Gewicht vom rechten Fuß auf den linken. Vielleicht gab es tatsächlich eine andere Erklärung. Aber die würde schon sehr stichhaltig sein müssen, sagte er sich.

»Niemand erwartet, daß ein Wagen herrenlos über die Stadtautobahn fährt«, sagte Burris.

»Das stimmt«, sagte Malone. »Deshalb ist die ganze Sache auch völlig unmöglich.«

»Folglich«, fuhr Burris fort, »könnte man von Halluzination, Illusion, Einbildung sprechen, wenn jemand einen Fahrer gesehen haben will, der gar nicht da war.«

»Gut«, sagte Malone. »Da war also kein Fahrer. Folglich hätte der Wagen auch nicht fahren dürfen. Also lügt uns die Polizei in New York an. Eine plausible Erklärung, aber —«

»Die Polizei von New York lügt nicht«, sagte Burris. »Warum sollten sie das tun? Ich habe an etwas ganz anderes gedacht.« Er schwieg, und seine Augen begannen zu glänzen, als er sich über den Schreibtisch lehnte und Malone anblickte.

»Darf ich dreimal raten«? fragte Malone.

Burris schien das überhört zu haben. »Ich vermute«, sagte er, »daß wir es hier mit Fernsteuerung zu tun haben. Irgendwo in dem Wagen gab es ein raffiniert verstecktes Gerät, welches es ermöglichte, daß der Cadillac ferngelenkt wurde.«

Das klang vernünftig, überlegte Malone. »Haben die Jungs aus dem Streifenwagen Spuren davon gefunden, als sie das Wrack untersuchten?« fragte er.

»Nein«, sagte Burris. »Aber es könnte ja geschmolzen oder verbrannt sein. Von dem Cadillac ist nicht sehr viel übriggeblieben, wir können es also nicht mit Gewißheit sagen. Aber ich glaube mit meiner Vermutung recht zu haben, wenn ich sage, daß der Cadillac eine Einrichtung besaß, die es erlaubte, ihn aus der Entfernung zu steuern. Das ist doch die einzige Erklärung, oder nicht?«

»Vermutlich«, sagte Malone.

»Malone«, sagte Burris, und in seiner Stimme schwang jene Überzeugungskraft mit, die er für angebracht hielt, um an Malones patriotische Gefühle zu appellieren. »Malone, ich möchte, daß sie diesen Apparat finden!«

»In dem Wrack?« fragte Malone.

Burris seufzte und lehnte sich zurück. »Nein«, sagte er. »Natürlich nicht in dem Wrack. Aber die anderen Cadillacs, zumindest einige von ihnen, müßten damit ausgestattet sein.«

»Welche anderen Cadillacs?« fragte Malone.

»Nun, die anderen, die gestohlen worden sind. Die meisten in Connecticut, einer in New Jersey.«

»Hat man einige von ihnen herrenlos herumfahren sehen?« fragte Malone.

»Nun«, sagte Burris, »Berichte liegen uns noch nicht vor. Aber wer weiß?« Er hob beide Arme und ließ sie wieder sinken. »Heute ist doch alles möglich, Malone.«

»Weiß Gott«, sagte Malone.

»Und noch eins«, sagte Burris. »Alle diese gestohlenen Wagen sind rote Cadillacs aus der diesjährigen Modellserie. Das muß doch einen Grund haben. Darunter muß sich einer befinden wie der, der verbrannt ist, ein ferngesteuerter. Ein ferngesteuerter oder ein selbstlenkender, ein im wahrsten Sinne vollautomatischer Wagen.«

»Und wer steckt Ihrer Meinung nach dahinter?«

»Nun, die Leute, die die Wagen gestohlen haben«, sagte Burris geduldig.

»Ah«, machte Malone. »Natürlich. Aber —«

»Fliegen Sie nach New York«, sagte Burris. »Halten Sie die Augen offen. Und horchen Sie herum. Kapiert?«

»Ich habe begriffen«, sagte Malone.

»Und wenn die New Yorker Polizei diesen Wagen findet,

Malone, dann möchte ich, daß Sie ihn sich ansehen. Okay?«

»Jawohl, Sir«, sagte Malone.

Es gab natürlich auch schriftliche Unterlagen. Burris hatte Malone das Bündel ausgehändigt, Kopien der Berichte über die Vorgänge in New York, und Malone, der sich Zeit nehmen wollte, sie durchzulesen, hatte statt des Flugzeugs den Zug nach New York genommen. Außerdem flog er nur dann, wenn es sich nicht umgehen ließ.

Die sehr umfangreichen Berichte brachten für Malone keine neuen Erkenntnisse. Burris hatte ihm offensichtlich alles gesagt, was er wissen mußte.

Nur eines blieb ungeklärt: Die Antwort auf die Frage nämlich, wie man etwas Licht in diese dunkle Angelegenheit bringen konnte. Angenommen es handelte sich tatsächlich um selbststeuernde Cadillacs. Welchen Zweck konnten die erfüllen? Solche Einrichtungen erleichterten zwar dem Benützer eines Fahrzeugs das Fahren, aber das war noch lange kein Grund, die Sache geheimzuhalten, Polizisten eins über den Schädel zu ziehen und einen Wagen nach rasender Fahrt über die Stadtautobahn zu demolieren und in Flammen aufgehen zu lassen.

Trotzdem war dies die einzige Erklärung, die Malone im Augenblick hatte, und daran klammerte er sich. Als der Zug die Pennsylvania Station erreicht hatte, schob er die schriftlichen Unterlagen in sein Aktenköfferchen, überließ seine Koffer dem Gepäckroboter und gab der Maschine über das Tastenwählsystem die Daten des Warteraumes ein. Dann ging er langsam hinter dem Roboter her und überlegte, daß zumindest dies eine sinnvolle und nützliche Erfindung war. Ganz im Gegensatz zu selbstlenkenden Cadillacs.

Er verdrängte diese unangenehmen Überlegungen aus seinem Gedächtnis und zündete sich eine Zigarette an. Nach dem ersten Zug vernahm er eine ihm vertraute Stimme: »He, Mister, haben Sie Feuer?«

Malone blickte auf, dann begann er zu lächeln. »Boyd!« sagte er. »Was treiben Sie denn hier? Als wir uns das letzte Mal sahen, war das doch bei —«

»Genau«, sagte Boyd. »Bei der Lady mit dem sechsten Sinn. Inzwischen hatte ich an der Westküste zu tun. Dürfte ein Jahr her sein, daß wir miteinander gearbeitet haben.«

»So ungefähr«, sagte Malone. »Aber was treiben Sie in New York? Machen Sie Urlaub?«

»Kann man eigentlich nicht behaupten«, entgegnete Boyd. »Mein Chef sagte, es sei so etwas wie Urlaub, aber —«

»Aha«, sagte Malone. »Sie sollen mit mir zusammenarbeiten.«

Boyd nickte. »Der Chef hat mich hergeschickt. Als ich von der Westküste zurückkam, fiel ihm plötzlich ein, daß Sie einen Mitarbeiter brauchen könnten, also nahm ich das Flugzeug und kam vor Ihnen hier an.«

»Ist ja prächtig«, sagte Malone. »Aber eines möchte ich Ihnen jetzt schon sagen, ein Urlaub —«

»Macht nichts«, entgegnete Boyd, und es klang ein wenig traurig. »Ich weiß. Urlaub wird man das nicht nennen können.« Er wirkte auf einmal sehr nachdenklich, so als müsse er sich entscheiden, ob er sich Anna Boleyn vom Hals schaffen sollte. Dieser Vergleich schien Malone angebracht. Denn Boyd, einen Meter neunzig groß und etwa 225 Pfund schwer, hatte einen großen, fast quadratischen Schädel und eine kräftige, bullige Figur, woraus sich eine verblüffende Ähnlichkeit mit Heinrich VIII. von England ergab, zumal Boyds Barttracht der des englischen Monarchen fast bis aufs Härchen genau entsprach.

Genau wie dieser war auch Boyd kein Kind von Traurigkeit, und so vergingen seine traurigen fünf Minuten auch schnell. »Ich überlegte mir, daß ich Sie am Bahnhof abholen könnte. Dann hätten wir Gelegenheit, uns über die guten alten Zeiten zu unterhalten. Solange es jedenfalls nichts Wichtigeres zu tun gibt.«

»Klar«, sagte Malone. »Ich freue mich, Sie zu sehen. Haben Sie mit unserer Außenstelle in New York schon Verbindung aufgenommen?«

»Noch nicht«, sagte Boyd und schüttelte den Kopf. »Ich wollte erst Ihre Ankunft abwarten. Aber ich habe schon Hotelzimmer reserviert — zwei Räume mit gemeinsamem Bad, drüben im Hotel New Yorker. Ganz hübsch. Es wird Ihnen gefallen, Ken.«

»Sicher«, sagte Malone. »Besonders das gemeinsame Bad.«

»Schon gut«, sagte Boyd. »Sie wissen ja, wie ich das meine. Und außerdem ist es praktischer. Jetzt nehmen wir uns am be-

26

sten ein Taxi und bringen Ihr Gepäck ins Hotel, bevor wir ins Büro in der neunundsechzigsten Straße weiterfahren.«

»Einverstanden«, sagte Malone. »Außerdem möchte ich ein Bad nehmen und mich umziehen.«

»Ja, mit den Zügen geht es auch immer mehr bergab«, sagte Boyd ein wenig geistesabwesend.

Malone gab dem Gepäckroboter neue Daten ein, und dann folgten er und Boyd der Maschine durch die von Menschen bevölkerte Bahnhofshalle zum Taxistand. Der Roboter lud die Gepäckstücke kurzerhand auf den Rücksitz des nächsten Taxis, und irgendwie fanden Malone und Boyd auch noch darin Platz.

Eine dreiviertel Stunde später befanden sich Boyd und Malone in der Büroetage, die das FBI in einem Gebäude in der neunundsechzigsten Straße Ost gemietet hatte. Hier erfuhren sie allerlei Neues, unglücklicherweise jedoch nichts, was einen Sinn ergeben hätte.

Es schienen immer nur rote Cadillacs neuester Bauart gestohlen zu werden. Wer einen besaß, konnte in kürzester Zeit damit rechnen, zumindest vorübergehend nicht mehr Besitzer des Wagens zu sein. In New Jersey waren inzwischen zwei Wagen gestohlen worden, in New York drei.

Und es war bei weitem nicht so, daß alle gestohlenen Cadillacs in New York wieder auftauchten. So wurden einige der in New York entwendeten in New Jersey wiedergefunden, andere in Connecticut. Dort auch einer aus New Jersey. In Pennsylvania dagegen waren Wagen weder gestohlen noch aufgefunden worden, eine Tatsache, für die Malone keine Erklärung hatte.

Hinter der ganzen mysteriösen Angelegenheit schien überhaupt kein System zu stecken, was Boyd wie auch alle anderen bereitwillig zugaben. Auch der Computer, dem man alle Daten eingegeben hatte, schien damit nichts anfangen zu können. Er hatte lediglich bekanntgegeben, daß die zweite Potenz von sieben neunundvierzig sei, was allerdings auf einen defekten Schaltkreis zurückgeführt werden konnte.

Wer auch immer die roten Cadillacs sich von ihren ursprünglichen Besitzern vorübergehend auslieh, schien über ein ungewöhnliches verbrecherisches Talent zu verfügen wie auch über einen Hang zum Idiotischen. Und eine solche Kombination schien ausgeschlossen.

Leider war ihr Vorhandensein unbestritten.

Die Wagen abzuschließen, schützte nicht vor Diebstahl. Der Dieb oder die Diebe gelangten in das Wageninnere, ohne auch nur einen Kratzer an der Tür zu hinterlassen. Woraus man schloß, daß es sich bei dem Verbrecher entweder um einen außerordentlich begabten Spezialisten für Schlösser handelte oder dieser über Nachschlüssel verfügte oder zumindest wußte, wie man an sie herankam.

In jedem Fall war die Zündung durch Kurzschließen der entsprechenden Drähte herbeigeführt worden.

Dies wiederum ließ erkennen, daß der Dieb weder ein Spezialist für Schlösser sein konnte, noch eine Möglichkeit hatte, sich Nachschlüssel zu besorgen, sonst hätte er die gestohlenen Wagen wesentlich einfacher mit Hilfe eines Zündschlüssels starten können.

Womit sich die Frage stellte, warum man beim Öffnen der Türen so raffiniert vorging, sich beim Anlassen dagegen plumper Methoden bediente.

Dies war der eine Gesichtspunkt. Der zweite bereitete Malone noch viel mehr Kopfzerbrechen. Hinter den Wagendiebstählen schien kein System zu stecken. Man hatte sie weder verkauft, noch waren sie bei anderen Straftaten verwendet worden. Allerdings gab es Halbstarke, deren größtes Vergnügen es war, mit gestohlenen Wagen Spritztouren zu unternehmen.

Aber ein bis zwei Wagen pro Nacht? Wie viele Spritztouren konnte eine Bande von Halbstarken pro Nacht unternehmen? Und wie lange dauerte es, bis sie die Lust an dieser Art von Freizeitgestaltung verloren?

Und warum, fragte sich Malone schon zum zehntausendsten Male, immer nur rote Cadillacs?

Burris, überlegte er, schien doch recht zu haben. Hinter der großen Anzahl gestohlener roter Cadillacs schien man eine bestimmte Sache verbergen zu wollen: Den selbstlenkenden Wagen? Vielleicht, vielleicht auch nicht.

Nachdem sie sich lange genug mit den Akten und Leuten in der neunundsechzigsten Straße beschäftigt hatten, machten sich Malone und Boyd auf den Weg. Es wurde eine regelrechte Rundfahrt durch die Stadt, nicht zu ihren Sehenswürdigkeiten, sondern zu den Polizeirevieren. Nachdem sie sich mit den Augenzeugen unterhalten hatten, kamen sie schließlich ins Präsidium in der Centre Street, wo sie die Beamten in der für Kraftfahrzeugdiebstähle zuständigen Abteilung mit unzähligen und zumeist unsinnigen Fragen traktierten. Nach sechs Stunden hatten sie einen Berg voll Fakten zusammengetragen, die meisten kannten sie bereits, was neu hinzugekommen war, half ihnen auch nicht weiter.

Am Abend waren sie beide fix und fertig, und da unter diesen Umständen ein Stadtbummel nicht sehr reizvoll war, legten sie sich müde und mit unerfreulichen Gedanken zu Bett.

Eine Woche verging, die Frustration wuchs.

Nur eine Erkenntnis hatte sich herausgeschält. Trotz der identischen Arbeitsweise bei allen Diebstählen mußten mehrere Leute dahinterstecken, eine Bande. Folglich hatte man auch nicht nur mit einem Verrückten zu rechnen, sondern mit einer ganzen Gruppe gleichermaßen geistig Irregeleiteten.

Dennoch half auch diese Einsicht Malone nicht weiter. Er brauchte weitere Spuren oder Tatsachen. Vorher konnte er nichts unternehmen. Eine Woche lang lief er ziellos in der Stadt herum, manchmal begleitet von Thomas Boyd, meistens allein. Die Zeit verging, aber er kam nicht weiter.

Malone war die Lust vergangen, sich zu entspannen und zu vergnügen, wie Burris angeregt hatte. Die Sache mit den roten Cadillacs ließ ihn einfach nicht zur Ruhe kommen.

Boyd hatte, nachdem die anfänglichen Anpassungsschwierigkeiten überwunden waren, diese Sorgen dagegen nicht. Er stürzte sich mit Vehemenz in das Vergnügungsleben der Großstadt und schien schließlich völlig von der Bühne verschwunden zu sein. Malone konnte und wollte daran auch nichts ändern, aber er kam sich dennoch ein bißchen einsam und verlassen vor.

Die ganze Sache ging ihm langsam auf die Nerven. Er war rastlos, fand keine Ruhe. Er brauchte etwas, um sich abzulenken, und wenn es nur ein Spaziergang war. Er ging also spazieren und landete zu seiner eigenen Überraschung in Greenwich Village.

Dort hatte man ihm von hinten eins über den Schädel gezogen.

3

Der Streifenwagen hielt vor dem St. Vincent Hospital, und einer der Polizisten brachte Malone zur Notaufnahmestation. Er fühlte sich schon besser als noch vor einigen Minuten. Die Fahrt im Wagen war nicht sonderlich angenehm gewesen, aber sein Kopf schien sich langsam wieder zu einem Stück zu fügen, und sein Gang war sicherer geworden. Es sah so aus, als würde er die Sache überleben. Und während der Bereitschaftsarzt seinen Kopf verband, begannen die Lebensgeister zurückzukehren.

Das Gefühl der Frustration und Ungewißheit war gewichen. Sein Leben hatte wieder einen Sinn, was sich in einer kühlen Entschlossenheit bemerkbar machte. Er würde diesen selbststeuernden Wagen finden, gleichgültig, was auch immer dahinter stecken mochte.

Wenn es einem selbst widerfuhr, daß man aus dem Nichts heraus niedergeschlagen wurde und ein Fahrzeug offensichtlich führerlos davonbrauste, dann engagierte man sich als Betroffener doch ganz anders, als wenn es Dritten in einer weit entfernten Stadt passierte. Der Schlag auf den Schädel hatte in Malone Rachegefühle geweckt. Die Angelegenheit zu klären war nicht nur eine berufliche Herausforderung, sondern in der Zwischenzeit eine sehr persönliche geworden.

Von vordringlicher Bedeutung war der Wagen selbst. Malone zuckte unter der Berührung des ihn behandelnden Arztes zusammen und fluchte leise.

»Halten Sie doch still«, sagte der Arzt. »Wackeln Sie nicht dauernd mit dem Kopf.«

Malone gehorchte. Sein Hals begann steif zu werden, aber er bewegte den Kopf nicht mehr. »Der Kopf tut immer noch weh«, beschwerte er sich.

»Natürlich tut er weh«, bestätigte der Arzt.

»Aber Sie —«

»Was haben Sie denn erwartet?« fragte der Arzt. »Selbst ein FBI-Mann ist nicht immun gegen Schläge mit einem Totschläger.« Er fuhr damit fort, Malones Kopf zu verbinden.

»Totschläger?« fragte Malone. »Was für ein Totschläger?«

»Den Sie auf den Kopf bekommen haben«, sagte der Arzt.

Malone blickte den Arzt groß an. Irgendwie hatte sich in ihm der Eindruck festgesetzt, er habe von dem Auto eine gewischt bekommen. Die Einführung eines Totschlägers in diese Angelegenheit verwirrte ihn deshalb ein wenig.

»Die Wunde hat gerade die richtige Form und Größe«, erklärte der Arzt. »Und da, wo die Kopfhaut aufgeplatzt ist, hat Sie die Naht der Lederhülle getroffen.«

»Sind Sie sicher?« fragte Malone. Am Wagen hatte es genügend andere gefährliche Teile gegeben. Wozu also ein Totschläger, wenn ein Schlag mit der Kurbelwelle oder dem Auspuffrohr auch genügt hätte?

»Ganz sicher«, sagte der Arzt. »Ich bin schon lange genug im Beruf, um eine Wunde, die von einem Totschläger hervorgerufen wurde, als solche erkennen zu können.«

Eine beunruhigende Angelegenheit. Malones Meinung über Greenwich Village verschlechterte sich zusehends. Hatte man hier inzwischen die Gitarre mit dem Totschläger vertauscht? Aber dies war gar nicht der springende Punkt.

Wichtig war, daß er von einem Totschläger niedergeknüppelt worden war. Diese Erkenntnis hatte weitreichende Bedeutung. Es war sozusagen der Angelpunkt, um den sich seine zukünftigen Ermittlungen drehen würden.

Schlimm war nur, daß alles noch immer keinen Sinn ergab.

Der Arzt trat zurück und betrachtete Malones Kopf mit einem Anflug von Stolz. »Na sehen Sie«, sagte er. »Jetzt wird alles gut werden.«

»Gehirnerschütterung?« fragte Malone.

»Klar«, antwortete der Arzt. »Aber nichts Schlimmes. »Hier, nehmen Sie die Tabletten. Alle zwei Stunden eine, bis der Vorrat aufgebraucht ist. Dann ist in vierundzwanzig Stunden alles vorbei.« Er ging zu einem Medikamentenschrank, suchte eine Weile darin herum und kam mit einem Glasröhrchen zurück, das sechs orangefarbene Pillen enthielt. Sie sahen sehr groß und ominös aus.

»Na schön«, sagte Malone zweifelnd.

»Und jetzt können Sie aufstehen«, sagte der Arzt.

»Danke«, sagte Malone und machte Anstalten aufzustehen. »Doktor«, ich —«

Von der Tür her ertönte ein Klopfen. Der Arzt wandte den Kopf. »Ja?« sagte er.

»Ich bin's«, sagte eine tiefe Stimme.

»Die Tür öffnete sich einen Spalt, und ein Gesicht spähte herein. Malone brauchte eine Sekunde, um Bill zu erkennen, den Streifenpolizisten mit dem Waffeleisengesicht, der ihn unter der Straßenlaterne gefunden hatte. »Nett Sie wiederzusehen«, sagte Malone.

»Was?« fragte Bill und öffnete die Tür ganz. Er kam herein und schloß sie wieder. »Ich darf doch, Doktor?« fragte er. »Ich bin Polizist.«

»Fehlt Ihnen etwas?« fragte der Arzt.

Bill schüttelte den Kopf. »Zur Zeit nicht«, sagte er. »Ich wollte zu dem hier«, und dabei zeigte er auf Malone. »Man hat mir gesagt, Sie seien noch hier«, fuhr er fort.

»Wer ist man«, fragte Malone.

»Ach, die in den weißen Kitteln draußen«, sagte der Polizist. »Die meinten, Sie würden gerade zusammengeflickt.«

»Womit sie ausnahmsweise recht hatten«, sagte Malone.

»Oh«, machte Bill. »Klar.« Er suchte in seinen Taschen. »Sie haben nämlich Ihr Notizbuch verloren, und ich bin gekommen, um es Ihnen zu bringen.« Er fand den Gegenstand, dem seine Suche galt, und zog ihn mit einer triumphierenden Geste heraus, wie ein Mann, der das blutige Haupt vorzeigen will, das er dem Drachen abgeschlagen hat. »Hier«, sagte er und schwenkte das Buch.

»Notizbuch?« fragte Malone. Er blickte es an. Es war ein kleines Ringbuch mit einem Plastikeinband.

»Wir haben es im Rinnstein gefunden«, sagte Bill.

Malone machte einen Schritt nach vorn, ohne dabei zu straucheln. Er trat wieder zurück und blickte Bill zürnend an. »Ich habe nicht im Rinnstein gelegen«, sagte er. »Es gibt schließlich gewisse Grenzen.«

»Klar«, sagte Bill. »Aber das Notizbuch lag im Rinnstein, und ich habe es Ihnen gebracht. Dachte mir, daß Sie es vielleicht brauchen könnten.« Er reichte es Malone mit einer großartigen Geste.

Es war nicht Malones Notizbuch. Erstens besaß er gar kein Notizbuch, das so wie dieses aussah, und zweitens hatte er überhaupt keins dabeigehabt, als er sich zu dem Spaziergang aufgemacht hatte. Malone wollte den hilfsbereiten Polizisten nicht enttäuschen und öffnete das Buch.

Auf den ersten Blick erkannte er, warum der Polizist gedacht hatte, es könne ihm gehören.

Sein Name stand darin.

Eigentlich waren es zwei Namen, die auf der ersten Seite standen, in einer etwas kindlichen, aber sehr sauberen Schrift: Mr. Kenneth J. Malone, FBI — Leutnant Peter Lynch, NYPD. Der Rest der Seite war nicht beschrieben. Malone fragte sich, wer Leutnant Lynch sein mochte, und er merkte sich in Gedanken vor, das in Erfahrung zu bringen. Dann erst überlegte er, wie es kommen konnte, daß sein Name in diesem fremden Notizbuch stand. Vielleicht war es eine Liste von Leuten, die zusammengeschlagen werden sollten, aufgestellt von dem Auto. Aber eine Person namens Lynch war bisher noch nicht von einem verrückt spielenden Auto zusammengehauen worden, und daß ein Cadillac schreiben konnte, war ihm bisher auch noch nicht zu Ohren gekommen. Und ein Cadillac würde sicherlich eine wesentlich gediegenere Handschrift haben.

Er blätterte um. Auf der ersten Seite des nächsten Blattes standen weitere Namen, im ganzen acht. Der erste war rot geschrieben, die anderen schwarz. Malone las sie der Reihe nach:

Mike F.

Ramone O.

Mario G.

Silvo E.

Alvarez A.

Felipe la B.

Juan de los S.

Ray del E.

Bis auf Mike F. waren es spanische Namen, vielleicht auch puertorikanische. Malone fragte sich, wer dahintersteckte. Halbstarke? Andere Leute, die man zusammenschlagen wollte? Polizeibeamte?

Vielleicht waren es die Namen von spanisch sprechenden Cadillacs.

Er rieb sich die Stirn mit der Hand. Sein Kopf tat noch weh, und vielleicht war dies der Grund, warum ihm so alberne Dinge einfielen. Daß das Buch keinem Cadillac gehören konnte, stand ziemlich fest.

Wieder blätterte er um.

Die nächste Seite enthielt eine sehr sorgfältig ausgeführte Planskizze eines Autos. Ohne Schwierigkeiten erkannte sie Malone als die eines Cadillacs neuester Bauart.

Und die Umrißzeichnung war sehr exakt mit rotem Farbstift koloriert.

Malone fragte sich, was dies nun wieder bedeuten sollte. Er fand keine Antwort darauf. Er blätterte also weiter, in der Hoffnung, etwas zu finden, was mehr Sinn ergeben würde, als das bisher Gesehene. Aber die restlichen Seiten waren leer.

Er blickte den Polizeibeamten und den Arzt mit unschuldiger Miene an. »Vielen Dank«, sagte er zu Bill. »Ich hatte schon befürchtet, es verloren zu haben. Ich bin Ihnen dankbar, daß Sie es mir gebracht haben.«

»Aber selbstverständlich, Mr. Malone«, sagte Bill. »Es war mir eine Ehre.«

»Sie wissen ja gar nicht, wie wichtig dieses Büchlein für mich ist«, sagte Malone, und es war die reine Wahrheit.

»Um so besser«, sagte Bill. Er lächelte breit und ging zur Tür. »Muß jetzt wieder auf Streife gehen«, sagte er. »Vielleicht sehen wir uns noch. Und wenn ich Ihnen noch irgendwie helfen kann —«

»Danke«, sagte Malone. »Ich werde es Sie wissen lassen. Noch einmal herzlichen Dank.«

»Gern geschehen«, sagte Bill und öffnete die Tür. Er ging hinaus wie ein Mann, der soeben den höchsten Orden der Nation verliehen bekommen hatte.

Malone machte ein paar Schritte und stellte fest, daß er gehen konnte, ohne umzufallen. Noch einmal bedankte er sich bei dem Arzt.

»Schon gut«, sagte der Arzt. »War ja nicht weiter schlimm. Sie sollten mal die anderen Fälle sehen, die wir hier so tagtäglich hereinbekommen. Gestern nacht bekamen wir einen, dessen beide Beine waren völlig zermatscht.«

»Übel«, sagte Malone hastig und um das Thema zu wechseln: »So, und jetzt muß ich mich aber auf den Weg machen. Schicken Sie die Rechnung ins FBI-Büro in der neunundsechzigsten Straße.« Dann ging er hinaus und machte die Tür ganz schnell hinter sich zu. Draußen vor dem Gebäude hielt er ein leeres vorbeifahrendes Taxi an.

»Hotel New Yorker«, sagte er. Dann setzte er seinen Hut auf. Das tat weh, aber er rückte ihn trotzdem zurecht.

Jede Entdeckung, die er machte, jede Feststellung, die er traf, ließen den Fall nur noch verrückter erscheinen. Denn der Cadillac hatte ihm nicht nur einfach eins über den Schädel gezogen, sondern ihm erst den Hut abgenommen, bevor er zugeschlagen hatte. Und dann hatte er ihm den Hut wieder aufgesetzt. Der war erst heruntergefallen, als Malone versucht hatte, sich am Laternenmast aufzurichten.

Ferien, erholsame Tage, daß ich nicht lache, dachte Malone verbittert.

Während der ganzen Fahrt zum Hotel brütete er dumpf vor sich hin. Dieser Zustand hielt auch an, bis er in seinem Zimmer war. Dann dachte er an das Notizbuch.

Ein wichtiger Hinweis. Er entschloß sich, Boyd auf der Stelle davon zu unterrichten.

Er ging ins Bad und klopfte leicht an die Tür des anschließenden Raumes. Nachdem sich niemand meldete, öffnete er selbst.

Boyd war ganz offensichtlich noch unterwegs. »Zum Teufel noch mal«, schimpfte Malone laut, obwohl niemand im Zimmer war, der ihn hätte hören können. Dann kehrte er in sein eigenes Zimmer zurück, schloß die Tür zum Bad und kroch leise stöhnend ins Bett.

Der Morgen graute, dann wurde es heller, schließlich taghell. Das Licht strömte im Überfluß durchs Fenster herein und erfüllte den Raum mit Sonnenschein und der stickigen Hitze, die im Sommer wie eine riesige Glocke über New York hängt. Von der Straße drang das unaufhörliche Rumoren des Verkehrs herauf.

Davon wachte Malone auf. Er drehte sich um und versuchte wieder einzuschlafen.

Aber der Schlaf wollte nicht kommen. Nach einer Weile resignierte er und stand auf. Zu stehen war kein leichtes Unterfangen, aber es glückte ihm, und er fühlte sich irgendwie stolz.

Im Bad putzte er sich die Zähne, dann öffnete er leise die Verbindungstür zu Boyds Zimmer.

Boyd war zu Hause. Er lag in dem zerwühlten Bett, schnarchte beängstigend und machte kleine Bewegungen mit Händen und

Armen. Malone schlich hinüber und stieß ihm unsanft die Faust in die Rippen.

»Los«, sagte er, »wach auf, Tommy, mein Junge.«

Boyds Augen blieben geschlossen. Mit Grabesstimme sagte er: »Mir brummt der Schädel.«

»Sicher nicht schlimmer als meiner«, entgegnete Malone fröhlich. Das stimmte nicht ganz, überlegte er. Obwohl er eine turbulente Nacht hinter sich hatte, fühlte sich sein Kopf doch so an, als ob nichts geschehen sei. »Sobald Sie wach sind, werden Sie sich schon besser fühlen.«

»Nein, bestimmt nicht«, sagte Boyd. Er legte sich das Kissen auf den Kopf und begann weiterzuschnarchen. Das klang schaurig, so als liege jemand in den letzten Zügen. Malone seufzte und zerrte an der Bettdecke.

»Die Sonne ist aufgegangen«, sagte Malone, »und die braven Bürger gehen zur Arbeit. Auch für Sie wird's jetzt Zeit.«

Boyd machte: »Gah«, und zog den Kopf unter dem Kissen hervor. Ganz vorsichtig, so als fürchte er, plötzlich in seine Einzelteile zu zerfallen, setzte er sich auf. Nachdem ihm dies gelungen war, öffnete er die Augen.

»Sehen Sie«, sagte Malone, »so ist es doch viel besser.«

Boyd schloß wieder die Augen. »Nein«, sagte er stur.

»Kommen Sie schon«, sagte Malone. »Wir haben heute zur Abwechslung mal etwas vor.«

»Ich kann mich nicht bewegen«, sagte Boyd. Seine Augen gingen auf. »Wir haben letzte Nacht ziemlich gefeiert.«

»Wer ist wir?« fragte Malone.

»Ich, zwei Mädchen und noch ein Kerl. Eben Leute, die ich kennengelernt habe.« Boyd versuchte, auf die Beine zu kommen, setzte sich dann wieder. »Haben uns ein bißchen amüsiert. Das ist alles.«

Malone überlegte schon, ob er seinem Kollegen einen Vortrag über die Gefahren des Lasters und der Ausschweifungen, insbesondere des Alkohols halten sollte, tat es aber dann doch nicht. Boyd war imstande, sich das zu merken und es ihm bei passender Gelegenheit mit gleicher Münze heimzuzahlen. Dann wußte er, was er zu tun hatte. Er kehrte in sein eigenes Zimmer zurück, rief den Zimmerkellner an und bestellte eine große Kanne Kaffee und zwei Tassen.

Erst als die Kanne fast leer war, kam wieder so etwas wie Ordnung in Boyds Innenleben. Jedenfalls sprach er schon wieder ganz vernünftig. Er schluckte eine Handvoll Aspirin und andere Aufputschmittel, und schließlich gelang es ihm, sich anzuziehen. Auf diese Leistung war er dann auch mit Recht sehr stolz.

»So«, sagte Malone, »jetzt müssen wir noch hinuntergehen.«

»Was, hinunter auf die Straße?« fragte Boyd. »Bei dem Krach?« Er zuckte leicht zusammen.

»Beißen Sie die Zähne zusammen«, sagte Malone munter. »Sie werden es schon schaffen.«

»Quatsch«, sagte Boyd respektlos und begann nach seiner Jacke zu suchen. »Ich kann doch nicht den ganzen Tag mit zusammengebissenen Zähnen herumlaufen.«

Malone war dabei, seine eigene Jacke anzuziehen und ging auf Boyds Frage nicht ein. Irgendwie gelang es ihm dann, Boyd auf die Straße hinunterzuschaffen und mit ihm in ein Taxi zu steigen. Sie fuhren in die neunundsechzigste Straße.

Dort erledigte er zunächst einmal mehrere Anrufe. Der erste galt natürlich Burris in Washington. Anschließend ließ er sich mit dem Polizeipräsidenten von New York verbinden, und, nachdem er festgestellt hatte, daß die Kompetenzen des Präsidenten nicht ausreichten, rief er den Bürgermeister an und schließlich den Gouverneur des Staates New York.

Es wurde Mittag, bevor alles geklärt war. Der Plan, nach dem er vorgehen wollte, stand fest, und von allen zuständigen Seiten hatte er grünes Licht bekommen. Jetzt konnte er also seinen letzten Anruf machen.

»Sie sind in jeder Weise zuverlässig«, hatte Burris ihm gesagt. »Und nicht nur das, sie sind auch ermächtigt, das zu tun. Wir haben schon früher mit ihnen zusammengearbeitet.«

»Ausgezeichnet«, hatte Malone entgegnet.

»Mehr als das«, hatte Burris gesagt. »Sie haben vorzügliche Leute. Es ist die beste Firma auf diesem Gebiet.«

Malones letzter Anruf galt dann auch der Firma Leibowitz & Hardin, einem Spezialunternehmen für elektronische Geräte.

Danach wandte er sich an Boyd.

»Ich sehe nicht ein, warum ich hier die ganze Zeit herumsitzen muß«, beschwerte sich sein Kollege. »Solange Sie mich nicht brauchen, hätte ich doch ausschlafen können.«

»Aber jetzt brauche ich Sie«, sagte Malone. »Ich habe einen Plan, und bei dessen Ausführung können Sie mir helfen.«

Boyd machte ein saures Gesicht, aber er nickte. »Also gut«, sagte er.

»Es geht um folgendes«, sagte Malone. »Alle roten Cadillacs der diesjährigen Bauserie sind zu überprüfen. Denken Sie sich selbst einen Grund aus. Technische Inspektion oder so etwas ähnliches. Sie können sich ja zusammen mit dem Polizeipräsidenten etwas zusammenschustern. Er weiß Bescheid und ist bereit, mit uns zusammenzuarbeiten.«

»Prima«, sagte Boyd. »Wissen Sie denn auch, wie viele Wagen dieser Art es in der Stadt gibt?«

»Wir wollen uns ja schließlich nicht alle Autos vornehmen«, entgegnete Malone. »Nur die roten Cadillacs des neuesten Modells.«

»Trotzdem noch ein Haufen Blech«, sagte Boyd.

»Wenn es nur drei von ihnen gäbe«, sagte Malone, »hätten wir überhaupt keine Probleme.«

»Darüber würde ich weiß Gott nicht weinen«, entgegnete Boyd.

»Das glaube ich Ihnen«, sagte Malone. »Leider ist das nicht der Fall. Jedenfalls muß jeder dieser Wagen daraufhin untersucht werden, ob etwas Ungewöhnliches an ihm dran ist, ganz gleich wie klein und unbedeutend. Und wenn Sie dabei die Wagen in ihre Einzelteile zerlegen müssen.«

»Ich?« fragte Boyd. »Ich ganz allein?«

»Mein Gott, nein«, sagte Malone. »Denken Sie doch nach. Ihnen steht dafür eine ganze Gruppe von Leuten zur Verfügung. Lassen Sie es mich erklären. Jede Schraube, jede Mutter, jede Niete, jeder Quadratzentimeter des Wagens muß untersucht werden.«

»Kapiert«, sagte Boyd. »Aber ich weiß schon jetzt, daß es mir keinen Spaß machen wird. Schließlich —«

Malone beachtete ihn nicht weiter. »Der Gouverneur des Staates New York hat seine Bereitschaft zur Mitarbeit erklärt. Und er hat gesagt, daß er sich auch in dieser Sache mit den Gouverneuren von New Jersey und Connecticut in Verbindung setzen wird. Wir haben also auch die Unterstützung von diesen Seiten. Sämtliche Dienststellen werden mit uns zusammenarbeiten.«

zeigt, und man hatte ihm gesagt, er solle die Treppe hinaufgehen und den Gang entlang. Nun wußte er noch immer nicht, welches Ressort Lynch leitete, wer der Mann war und was sein Name in dem kleinen schwarzen Notizbuch zu suchen hatte.

Es gab nur eine Möglichkeit, Antworten auf all diese Fragen zu erhalten.

Er öffnete die Tür.

Es war ein kleiner, ziemlich düsterer Raum. Darin standen ein Schreibtisch, drei Stühle und ein altmodischer Kleiderständer. An diesem hingen weder Hut noch Jacke, und die Stühle waren leer. Auf dem vierten Stuhl, hinter dem Schreibtisch, saß ein kräftiger Mensch. Er hatte stahlgraues Haar, ein kantiges Kinn und, wie Malone zu seinem Erstaunen feststellte, ziemlich freundlich dreinblickende Augen.

»Leutnant Lynch?« fragte Malone.

»Ja«, sagte Lynch. »Was kann ich für Sie tun?«

»Ich bin Kenneth J. Malone vom FBI.« Er griff nach seiner Brieftasche, öffnete sie und hielt sie Lynch hin. Der blickte ziemlich lange darauf, dann brach er in Gelächter aus.

»Was ist denn so komisch?« fragte Malone.

Lynch lachte nur noch lauter.

»Ach, hören Sie doch auf«, sagte Malone verbittert. »Nach allem, was ich durchmachen mußte, gibt es doch gar keinen Grund, einen FBI-Mann zu behandeln, als wäre er —«

»FBI-Mann?« fragte Lynch. »Mann, das ist die albernste Geschichte, die ich bisher erlebt habe, seit ich bei der Polizei bin. Wirklich umwerfend komisch. Wer hat Sie eigentlich dazu angestiftet? Jablonsky unten an der Anmeldung? Oder einer von den Streifenpolizisten? Ich kenne diese Typen, die haben nur Unsinn im Kopf. Aber das hier übertrifft alles. Das ist das —«

»Mein Gott«, sagte Malone. »Wovon reden Sie überhaupt?«

Er drehte die Brieftasche herum und blickte hinein. Auf den ersten Blick sah er, was geschehen war. Er hatte versehentlich von den vielen Klarsichthüllen nicht diejenige aufgeschlagen, in der sein Dienstausweis steckte, sondern die mit einer Karte, auf der gedruckt stand:

Hiermit tun wir allen unseren Untertanen kund und zu wissen, daß Sir Kenneth Malone, Ritter von Ihrer Majestät Gnaden, fortan berechtigt ist, sich zu nennen:

Ritter von Bath.

Diese Karte möge als Beweis dienen, daß Obengenannter diesen Titel zu Recht trägt und also angesprochen werden möge in seiner Eigenschaft als befugter Beamter des

FBI Ihrer königlichen Majestät.

»Das muß ein Versehen sein«, sagte Malone kleinlaut.

»Ein Versehen?« fragte Lynch.

Malone schlug rasch die Klarsichthülle mit seinem Dienstausweis auf. Lynch sah ihn sich sehr genau an, erst von oben, dann von der Seite, hielt ihn gegen das Licht und rieb schließlich mit dem angefeuchteten Daumen über das Dienstsiegel. Schließlich blickte er auf.

»Ich glaube, Sie sind wirklich vom FBI«, sagte er. »Aber was soll der Witz?«

»Das ist kein Witz«, entgegnete Malone. »Das habe ich —« Er mußte an die kleine alte Dame in Yucca Flats denken, die eine Schlüsselrolle bei seinem letzten großen Fall gespielt hatte, in dem er und Boyd zusammengearbeitet hatten. Ohne die kleine alte Dame hätten sie das Rätsel nie lösen können, denn sie war überaus telepathisch begabt.

Trotzdem hatten Boyd und Malone mit ihr ziemlichen Ärger gehabt. Denn sie war nicht nur eine telepathische Begabung, sondern auch eine verrückte Person, besessen von der fixen Idee, Königin Elisabeth I. von England zu sein.

Nach dem erfolgreichen Abschluß des Falles hatte sie Malone zum Ritter geschlagen, und seine Ehrenurkunde, nämlich diese Karte, war ihm mit der Post zugestellt worden. Es war durchaus möglich, daß er nicht die einzige Person war, der sie eine solche Ehrung hatte zuteil werden lassen.

Malone nahm sich vor, Boyd bei nächster Gelegenheit danach zu fragen. Rittersleute mußten zusammenhalten in diesen schweren Zeiten. Auf der anderen Seite wurmte es ihn, daß er wahrscheinlich nicht der einzige Ritter von Bath sein könnte.

»Also?« fragte Lynch.

»Das ist eine viel zu lange Geschichte«, sagte Malone. »Außerdem bin ich nicht deswegen hierher gekommen.«

Lynch zuckte mit den Achseln. »Also gut«, sagte er. »Setzen Sie mich ins Bild.«

»Welches sind Ihre Aufgaben?« fragte Malone.

»Meine? Ich bin Leutnant und Reviervorsteher.«

»Von diesem hier?«

Lynch blickte ihn fassungslos an. »Von welchem denn sonst?« fragte er.

»War nur so eine Frage«, sagte Malone. Er zog das schwarze Notizbuch aus der Tasche und reichte es Lynch. »Zu Ihrer Information: Ich beschäftige mich mit den roten Cadillacs«, sagte er, wie um sich vorzustellen.

»Davon habe ich schon gehört«, entgegnete Lynch. Er nahm das Notizbuch, ohne es aufzuschlagen, und hielt es wie eine Zeitbombe zwischen Daumen und Zeigefinger. »Wie gesagt, nur davon gehört«, fuhr er fort. »In unserem Revier hatten wir noch keine Schwierigkeiten.«

»Ich weiß«, sagte Malone. »Ich kenne die Berichte.«

»In meinem Revier sind Wagen weder gestohlen noch gefunden worden. Wir haben hier alles unter Kontrolle, und ich kann Ihnen sagen —«

»Ich bin völlig davon überzeugt, daß Sie Ihre Pflicht tun«, beeilte sich Malone zu versichern. »Aber werfen Sie bitte einen Blick in dieses Notizbuch. Gleich auf der ersten Seite.«

Lynch machte den Mund auf, schloß ihn wieder, dann öffnete er das Notizbuch. Einige Sekunden lang blickte er auf die erste Seite. »Was soll das?« fragte er schließlich. »Noch ein Witz?«

»Kein Witz, Leutnant«, sagte Malone.

»Da stehen Ihr Name und meiner«, sagte Lynch. »Was soll das bedeuten?«

Malone zuckte die Achseln. »Keine Ahnung«, sagte er. »Dieses Buch wurde an der Stelle gefunden, wo vergangene Nacht ein Wagendiebstahl stattgefunden hatte.« Einfacher hätte er die Situation nicht beschreiben können. »Ich fragte also den Polizeipräsidenten, wer dieser Peter Lynch sei, und er sagte mir, daß Sie das sind.«

»Womit er recht hatte«, sagte Lynch und starrte weiter in das Notizbuch. Er schien zu erwarten, daß es ihm jeden Augenblick ins Gesicht fliegen könnte.

Malone fragte: »Haben Sie eine Ahnung, wer das geschrieben haben könnte?«

Lynch schüttelte den Kopf. »Wenn es so wäre, würde ich mich wesentlich besser fühlen«, sagte er. Er befeuchtete den Zeigefinger und drehte die Seite vorsichtig um. Als er die Namensliste auf dem zweiten Blatt sah, verhielt er in der Bewegung und blickte darauf. Er stieß einen leisen Pfiff aus.

Erwartungsvoll fragte Malone: »Sagt Ihnen das etwas?«

»Der Teufel soll mich holen«, sagte Lynch mit Gefühl.

»Was haben Sie denn?« fragte Malone.

Der Polizeileutnant blickte zu ihm auf. »Ich weiß nicht, warum«, sagte er, »aber irgendwie habe ich kein gutes Gefühl bei der Sache. Ich kenne alle diese Jungen.«

Malone nahm eine von den Pillen, die ihm der Arzt gegeben hatte, und schluckte sie hinunter. Er hatte das Gefühl, als habe er wieder einen Schlag auf den Kopf bekommen. Er öffnete den Mund, aber er brachte kein Wort heraus. Schließlich würgte er hervor: »Jungen?«

»Richtig«, sagte Lynch. »Was haben Sie denn gedacht?«

Malone zuckte ratlos die Achseln.

»Jeden einzelnen«, sagte Lynch. »Stammen alle hier aus der Gegend.«

Dann herrschte eine Weile Schweigen.

»Was sind das für Typen?« fragte Malone.

»Das ist eine Art Jugendgruppe — sie sind jedenfalls immer zusammen. Dieser erste Junge — Miguel Fueyo — heißt er mit vollem Namen — ist der Anführer. Sie nennen sich ›Die stummen Geister‹.«

»Was?« Die Bezeichnung kam Malone etwas ungewöhnlich vor, selbst für eine Gruppe von Jugendlichen.

»Die stummen Geister«, wiederholte Lynch. »Ich kann nichts dafür. Aber alle, die hier stehen, gehören dazu: Roman Otravez, Mario Grito, Silvo Envoz, Felipe Altopor, Alvarez la Barba, Juan de los Santos und Ray del Este. Es fehlt keiner.« Der Leutnant blickte mit ausdruckslosem Gesicht Malone an. »Alles Jungen aus der Nachbarschaft. Die stummen Geister.«

»Kennen diese Jungen Sie?« fragte Malone.

»Natürlich«, sagte Lynch. »Die kennen mich alle. Sie auch?«

Malone dachte darüber nach. »Sie könnten von mir gehört haben«, sagte er schließlich so bescheiden wie möglich.

»Vermutlich«, sagte Lynch etwas bissig.

»Wie alt sind die Burschen?« fragte Malone.

»Zwischen vierzehn und siebzehn Jahre alt«, sagte Lynch. »Jedenfalls nicht älter. Jungs mit gleichen Ansichten und Interessen, Sie kennen das ja.«

»Die stummen Geister«, sagte Malone langsam. Kein schlechter Name für eine Bande. Man mußte sich erst daran gewöhnen. Als Junge hatte er auch zu einer Gruppe gehört. Auf einen Namen wie ›stumme Geister‹ wäre er damals sehr stolz gewesen.

Er konzentrierte sich wieder auf das Naheliegende. »Stellen die hier viel Ärger an?« fragte er.

»Ach, nein«, sagte Lynch zögernd. »Eigentlich nicht. Für eine Gegend wie diese hier sind sie ziemlich friedlich.«

»Wie soll ich das verstehen?« fragte Malone.

Lynch machte ein betont unschuldiges Gesicht. »Ich weiß nicht«, sagte er. »Hier in der Gegend haben sie jedenfalls noch nichts angestellt. Hier und da mal ein bißchen Schabernack — nichts Ernstes. Ab und zu schwänzen sie den Unterricht oder werden frech gegenüber ihrem Lehrer. Aber das ist nichts Besonderes, und gravierend ist das auch nicht.« Er runzelte die Stirn.

Malone sagte: »Aber irgend etwas muß doch dahinterstecken. Was denn?«

»Nun ja«, sagte Lynch. »Die scheinen alle ziemlich viel Geld zu haben.«

Malone setzte sich auf einen der leeren Stühle, lehnte sich nach vorn und fragte: »Geld?«

»Ja, Geld«, antwortete Lynch. »Für modische Kleidung, Zigaretten. Malone, drei von ihnen unterstützen sogar ihre Eltern. Der alte Jose Otravez — Ramons Vater — hat vor zwei Monaten seinem Chef gekündigt und seither nichts mehr gearbeitet. Treibt sich die ganze Zeit in den Kneipen herum und scheint immer genug Geld zu haben — und jetzt glauben Sie nur nicht, daß er das von der Arbeitslosenunterstützung bekommt. Und Frührentner ist er auch nicht.«

»Keine Angst«, entgegnete Malone. »Ich glaub's nicht.«

»Und es gibt ähnliche Beispiele. Bei den anderen Jungs ist es im Grunde nicht anders. Mike Fueyos Schwester läuft immer herum wie ein Fotomodell, schick und modern. Und der junge Grito —«

»Moment mal«, sagte Malone. »Was Sie mir hier erzählen, läßt darauf schließen, daß es sich nicht nur um Taschengeld handelt. Diese Jungen scheinen im Geld zu schwimmen.«

»Glauben Sie mir«, sagte Lynch etwas niedergeschlagen, »diese Kinder geben mehr Geld aus als ich. Im Grunde mehr als ich überhaupt verdiene.« Dann heiterten sich seine Züge wieder etwas auf. »Die werfen mit Geld um sich, schlimmer als ein betrunkener Seemann, geben es mit vollen Händen aus.«

Malone sagte: »Ich glaube, ich werde mich mal beim zuständigen Finanzamt erkundigen. Haben Sie eine Liste mit den Adressen der Jugendlichen?«

»Ich kann Ihnen eine besorgen«, sagte Lynch und ging zur Tür.

Nachdem er hinausgegangen war und die Tür geschlossen hatte, mußte Malone ein paar Minuten warten, bis Lynch zurückkam. »Die Liste wird gleich gebracht«, sagte er. Er setzte sich hinter seinen Schreibtisch und langte wieder nach dem Notizbuch. Als er das dritte Blatt aufschlug, hob er erstaunt die Augenbrauen.

»Das ist ja der Gipfel«, sagte er. »Es scheint also ein Zusammenhang zu bestehen, nicht wahr?« Er hielt die Zeichnung des roten Cadillacs in die Höhe, damit Malone sie sehen konnte.

»Mit Sicherheit«, sagte Malone. »Deshalb brauche ich auch die Adressen. Falls es diesen Zusammenhang gibt, möchte ich alles darüber erfahren.«

Als Malone zehn Minuten später das Polizeirevier verließ, hatte er die Liste mit den Adressen in der Tasche. Daß er dabei war, sich auf ein großes Abenteuer einzulassen, konnte er nicht ahnen. In Gedanken beschäftigte er sich ausnahmslos mit roten Cadillacs und acht Halbstarken.

»Ich werde der Sache auf den Grund gehen, und wenn ich den ganzen Sommer dazu brauche«, murmelte er vor sich hin.

»Das ist die richtige Einstellung«, führte er sein Selbstgespräch weiter. »Nur nicht die Flinte ins Korn werfen.«

Er befand sich mitten auf der Treppe, die vom Hauseingang zur Straße hinunterführte, als er mit dem Mädchen zusammenstieß.

Die Kollision war zwar keine große Katastrophe, aber eine Bagatelle hätte man sie auch nicht nennen können. »Uch«, machte Malone, als das Mädchen gegen seine Brust stieß und wie ein Ball zurückgestoßen wurde. Irgendwie mußte er das

Gleichgewicht verloren haben, denn die nächsten Eindrücke von seiner Umgebung waren die, daß er auf der Treppe saß und das Mädchen lag. Sie machte ein Geräusch, das wie das Schnurren einer Raubkatze klang, nur noch etwas gefährlicher. Er wollte schon etwas sagen, etwas ziemlich Unfreundliches, als er das Mädchen zum ersten Male genauer sah, und er schloß seinen Mund wie eine Bärenfalle. Dieses Mädchen war anders als alle anderen Frauen.

Er begann zu lächeln. Sie schüttelte den Kopf, setzte sich auf, wobei sie immer noch schnurrte. Dann hörte sie auf zu schnurren und sagte statt dessen: »Was bilden Sie sich eigentlich —«

»Ich bitte um Entschuldigung«, sagte Malone so charmant wie möglich. »Ich habe Sie nicht gesehen.«

»So?« fragte das Mädchen. Sie blickte ihn lange an, schüttelte wieder den Kopf, zog ihren Rock über die Knie und sagte: »Dann müssen Sie wohl blind sein.«

Malone machte sich Hoffnungen, als er feststellte, daß ihre Stimme nicht wütend klang. Auf keinen Fall durfte er zulassen, daß das Mädchen sauer auf ihn war.

»Oh, ich bitte Sie«, sagte Malone. »Ich bin nicht blind. Ich sehe noch ganz gut.« Er lächelte und stand auf. Sein Hinterteil hatte unter dem unsanften Aufprall auf der Steinstufe etwas gelitten, aber es schien nichts Ernstes zu sein. »Ich bin ein höflicher Mensch«, sagte er und lächelte wieder. Lächeln, sagte er sich, immer nur lächeln, auch wenn die Schwarte knackt. Er ging zu ihr, streckte die Hand aus, um ihr auf die Füße zu helfen.

Sein erster Eindruck hatte ihn nicht getäuscht. Sie war etwas Besonderes. Ihr Haar war lang und schwarz und fiel in sanften Wellen bis auf ihre Schultern. Bevor sich Malone eingehend mit dem befaßte, was nach ihren Schultern kam, blickte er ihr ins Gesicht.

Es war herzförmig und schmal. Sie hatte große braune Augen, die so treuherzig blicken konnten wie die eines Rehs, überlegte Malone. Im Augenblick blitzten sie allerdings noch sehr ungehalten.

Eine süße kleine Nase und ein Lippenpaar, so richtig einladend zum Küssen, vervollständigten den positiven Eindruck, den Malone von ihr gewonnen hatte.

Sie war schlank, hatte aber trotzdem Figur, vor allem an den

Stellen, wo es zählte. Jedenfalls hatte er an dem, was er sah, nichts auszusetzen. Malone wußte in diesem Moment, daß er die große Liebe seines Lebens gefunden hatte.

Wieder einmal.

Seine Gedanken schienen durcheinanderzuwirbeln, und er bekam Angst, zur Sprachlosigkeit verdammt zu sein. Dann fielen ihm die Sprüche Ihrer Majestät der Königin von England ein, und artige Redeweisen sprudelten nur so aus seinem Munde.

»Es ist mir zutiefst peinlich, Ihnen Ungemach bereitet zu haben, verehrtes Fräulein«, sagte Sir Kenneth Malone galant, und er machte dabei sogar einen kleinen Kratzfuß, der auf der Treppe allerdings etwas verunglückt aussah. »Darf ich Unwürdiger Ihnen meine Hilfe anbieten?«

Das Mädchen lächelte und stand auf. Das war kein Lächeln, nein, sie strahlte förmlich, jedenfalls kam es Malone so vor. Er hatte das Gefühl, statt Blut Champagner in den Adern zu haben. Das Kribbeln war von den Haarwurzeln bis in die Zehenspitzen zu fühlen.

»Danke, Sie sind sehr nett«, sagte das Mädchen, und Malone wäre fast in Ohnmacht gefallen. »Ich habe nicht aufgepaßt. Bitte, entschuldigen Sie sich nicht, Mister —« Sie brach erwartungsvoll ab.

»Was . . . ich —« sagte Malone, der plötzlich ins Stottern geraten war. Aber dann hatte er sich wieder im Griff und fuhr fort: »Ich bin Kenneth Joseph Malone«, sagte er. Auf den zweiten Vornamen, den er von seinem Vater hatte, war er schon immer stolz gewesen. Leider hatte sich nie Gelegenheit gegeben, ihn auszusprechen. Jetzt allerdings nützte er die Situation weidlich aus. Im letzten Augenblick hatte er sich noch zurückhalten können, sonst hätte er ein ›Sir‹ vor seinen Namen gesetzt.

Die braunen Augen des Mädchens schienen um eine Spur größer zu werden. Malone hatte das Gefühl, in ihnen zu versinken. »Oh«, sagte sie. »Dann müssen Sie Kriminalbeamter sein.« Und nach einer kurzen Pause fügte sie hinzu: »Ich heiße Dorothy.«

Dorothy. Ein schöner Name. Malone hatte plötzlich einen Kloß im Hals. Er bemühte sich, auf das Mädchen einen sehr männlichen und selbstbewußten Eindruck zu machen. Das fiel zwar schwer, aber so halbwegs gelang es ihm doch.

Nach einigen Sekunden fiel ihm ein, daß sie etwas gefragt

hatte. Er wollte sie nicht enttäuschen, und schließlich war ja ein FBI-Mann so etwas wie ein Kriminalbeamter. Aber er meinte, die ganze und nichts als die Wahrheit sagen zu müssen, von Anfang an.

»Im eigentlichen Sinne bin ich kein Kriminalbeamter«, sagte er.

»Nicht im eigentlichen Sinne?« fragte sie verwirrt. Wenn sie verwirrt war, sah sie noch süßer aus als sonst, überlegte Malone.

»Nun, das ist so«, sagte er. »Ich führe zwar Ermittlungen durch, aber nicht für die Stadt New York.«

»Aha«, sagte sie. »Ein Privatdetektiv. Habe ich recht?«

»Leider nein«, entgegnete Malone.

Sie sah ihn noch wesentlich verwirrter an, als sie vorhin gewesen war. Malone beeilte sich jetzt, eine Erklärung zu geben, bevor ein Fortführen der Unterhaltung unmöglich wurde.

»Ich arbeite für das Federal Bureau of Investigation«, sagte er. Und nach einer Weile fügte er erklärend hinzu: »Das FBI.«

»Oh«, sagte das Mädchen. »Oh.«

»Aber Sie können mich Ken nennen«, sagte Malone.

»Gut — Ken«, sagte sie. »Und mich nennen Sie bitte Dorothy.«

»Mit Vergnügen«, sagte er. Dann probierte er es gleich. »Dorothy.« Der Name ging ihm so leicht über die Zunge, als habe er ihn schon tausendmal ausgesprochen.

»Nun?« fragte sie nach ein paar Sekunden.

»Ach so«, sagte Malone. »Sie wollten mit einem Kriminalbeamten sprechen? Wenn ich Ihnen in irgendeiner Weise helfen kann —«

»Wahrscheinlich nicht«, sagte Dorothy. »Es betrifft nur eine Kleinigkeit. Ich gehe mal schnell hinein und —«

Malone begann zu sprechen, als hinge sein Leben davon ab. »Dorothy«, sagte er. »Darf ich Sie heute abend ausführen? Wir könnten ins Theater gehen. Ich glaube, ich kann Eintrittskarten bekommen — Sie brauchen nur zu wählen.« Dorothy schien einen Augenblick nachzudenken.

»Also«, sagte sie dann, »*The Hot Seat?*«

Malone hatte natürlich von dem Musical gehört. Es war eines der erfolgreichsten seit langer Zeit, und die Karten waren für Wochen hinaus ausverkauft. Er würde seinen ganzen Einfluß geltend machen müssen, um zwei Plätze zu ergattern. Dorothy hätte sich auch etwas Einfacheres einfallen lassen können, dachte er, zum Beispiel eine Audienz beim Präsidenten der Vereinigten Staaten. Aber er schluckte tapfer. »Ich werde mein Bestes tun«, versprach er. »Bestünde die Möglichkeit, auf etwas anderes auszuweichen, falls ich kein Glück habe?«

»Aber sicher«, sagte sie und lachte. »Wählen Sie selbst etwas aus. Ich habe noch längst nicht alle Stücke gesehen, die zur Zeit am Broadway gegeben werden, und diejenigen, die ich gesehen habe, sind es wert, noch einmal hinzugehen.«

»Aha«, sagte Malone.

»Ich rechne eigentlich gar nicht damit, daß Sie Karten für *The Hot Seat* bekommen«, sagte sie.

»Nichts ist unmöglich«, sagte Malone. Er lächelte sie gewinnend an. »Und wo darf ich Sie abholen? Zu Hause?«

Dorothy runzelte ihre zarte Stirn und schüttelte den Kopf. »Nein«, sagte sie. »Ich wohne bei meiner Tante, und ich — ach lassen wir das.« Sie überlegte einen Augenblick. »Jetzt weiß ich es«, sagte sie. »Bei Topp's.«

»Wo?« fragte Malone.

»Bei Topp's«, wiederholte Dorothy. »In der 42sten Straße, östlich vom Broadway. Es ist ein Restaurant.«

»Ich kenne es zwar nicht«, sagte Malone, »aber wenn es es gibt, dann werde ich es finden.« Er bemühte sich, galant und selbstbewußt zu wirken. »Wir können ja noch etwas essen, bevor wir ins Theater gehen — egal, welches Stück wir uns anschauen werden.«

»Ist gut«, sagte Dorothy.

»Wie wär's um sechs?« fragte Malone.

Sie nickte. »Also gut, um sechs«, sagte sie. »Und jetzt auf Wiedersehen.« Sie legte ihren Zeigefinger an die Lippen und berührte dann Malones Wange.

Als das Kribbeln in seinen Adern endlich abgeflaut war, war sie schon im Polizeirevier verschwunden. Malone seufzte leidenschaftlich. Er mußte sich zwingen, ihr nicht zu folgen und sie zu beschützen. Er wußte zwar nicht, wovor er sie hätte schützen sollen, aber er war davon überzeugt, daß sie sich an ihn wenden würde, wenn sie Hilfe brauchte.

Inzwischen hatte er Arbeit zu erledigen, so unangenehm diese

Vorstellung auch sein mochte. Er zog die Liste mit den Adressen aus der Tasche und sah sich die erste an.

Mike Fueyo.

Mike war der Anführer der ›Stummen Geister‹, wenn es stimmte, was Leutnant Lynch gesagt hatte. Es wäre also nur logisch, wenn man mit ihm anfinge. Malone versuchte, sich die Fragen zurechtzulegen, die er stellen wollte. Aber etwas anderes als »Also, was soll der Unsinn mit den roten Cadillacs« brachte er nicht zustande.

Er bezweifelte, daß er damit Erfolg haben würde. Noch einmal blickte er auf die Adresse, dann machte er sich auf den Weg.

Das Haus, in dem die Fueyos wohnten, war ein verkommener Neubau in der Nähe der Amsterdam Avenue. Rost bedeckte die metallenen Fensterrahmen, und von den Fassaden fiel der Putz in großen Fladen. Da, wo früher grüne Rasenflächen die Häuserblocks umgaben, waren jetzt schmutzige, ausgetretene Sandflächen, mit verrosteten Konservendosen und anderen Abfällen bedeckt.

Malone ging hinein.

Im Flur roch es nach saurer Milch und angebranntem Kohl.

Im zehnten Stockwerk eine Tür, deren Farbe abblätterte, mit einem kleinen Schild:

FUEYO J.

Das mußte Mikes Mutter sein. Lynch hatte Malone alles über die Familie erzählt.

Kenneth Malone drückte auf den Klingelknopf.

Unerwartet wurde die Tür aufgerissen, und Malone trat einen Schritt zurück.

Eine kleine, schwarzhaarige Frau in einem grellbunten Hauskleid musterte ihn argwöhnisch.

»Meine Tochter ist nicht zu Hause!«

»Ihre Tochter interessiert mich nicht«, erwiderte Malone. »Ich möchte mit Mike sprechen!«

»Mike?« Ihr Gesichtsausdruck wurde noch mißtrauischer. »Mit Mike wollen Sie sprechen?«

»Ja.«

»Sie sind auch einer von seiner Bande, was? Einer von diesen verdammten Nichtstuern!« fuhr sie ihn an. »Ich will Ihnen was sagen: Sie können mit Mike sprechen, wenn ich nicht mehr lebe — dann kann er machen, was er will. Aber solange ich noch da bin, passe ich auf ihn auf . . .«

»Moment mal«, unterbrach Malone den Redefluß der Frau. Er zog seine Brieftasche und hielt ihr seinen FBI-Ausweis unter die Nase. Dieses Mal achtete er sorgfältig darauf, daß es der richtige war.

Die Frau blickte auf seinen Ausweis, ohne ihn zu berühren, und sah auf:

»Ein Schnüffler sind Sie?«

Sie musterte Malone von Kopf bis Fuß. Sie machte kein Hehl daraus, daß ihr nicht gefiel, was sie sah.

»Schnüffler!« wiederholte sie — und es klang wie ein Fluch.

»Ich möchte . . .«

». . . dumme Fragen stellen, nicht wahr?«

»Ich will nur . . .«

»Ich weiß von nichts«, sagte sie rasch. »Gar nichts!« Sie schloß den Mund, als wolle sie ihn nie wieder öffnen.

Malone sah an ihr vorbei und betrachtete das Zimmer, das sich an den Flur anschloß.

Es mußte einmal ein hübsches, mit Liebe eingerichtetes Zimmer gewesen sein, aber jetzt schien es vernachlässigt und unaufgeräumt.

Das einzige Freundliche an dem Raum waren die Blumen: überall in Vasen, Töpfen und sogar in den Wasserverdampfern auf der Heizung standen Blumen. Es machte den Eindruck, als sei der Eigentümer des Zimmers schon vor zehn Jahren gestorben, und nur die Blumen waren immer wieder erneuert worden.

Die Frau räusperte sich, und Malone löste seinen Blick von dem merkwürdigen Zimmer.

»Ich weiß von gar nichts!« wiederholte sie stereotyp.

»Ich will auch gar nichts von Ihnen wissen — ich will mit Mike sprechen.«

»Also Sie sind von der Polizei und wollen Mike sprechen. Das soll wohl ein Witz sein, wie?«

»Wieso Witz? Ist Mike etwa nicht hier?«

Die Frau starrte ihn böse an.

»Sie wissen genau, daß er nicht hier sein kann! Vor zehn Minuten erst haben Ihre Leute ihn abgeholt — zur Polizeiwache haben sie ihn geschleppt! Wie kann er dann hier sein?«

»Vor zehn Minuten?« Es war etwa zehn Minuten her, daß er dieses Straßenviertel hier betreten hatte.

Lynchs Leute waren schneller gewesen. Sie waren nicht fremd in New York wie er.

»Sie haben Mike verhaftet?«

»Sie scheinen nicht ganz bei Trost zu sein — Sie sind doch selbst einer von diesen Schnüfflern. Sie wissen ganz genau . . .« Ihre Augen blickten kalt und glanzlos, aber Malone war erfahren genug, um zu bemerken, daß sie den Tränen nahe war.

Mike war ihr Sohn.

Sie schien nicht überrascht zu sein, daß man Mike verhaftet hatte, aber sie war entschlossen, ihn zu beschützen, so gut sie es vermochte.

»Warum haben sie ihn verhaftet?« fragte Malone sanft.

Die Frau zuckte die Achseln.

»Das müssen Sie doch besser wissen als ich . . .«

»Ich bin kein Polizist«, sagte Malone, »ich bin vom FBI!«

»FBI?«

»Sie brauchen keine Angst zu haben«, fuhr Malone beruhigend fort, »ich will nur mal mit ihm sprechen.«

»Ach so.« Jetzt standen Tränen in ihren Augen. »Ich weiß nicht, warum sie ihn geholt haben. Mein Mike hat nichts verbrochen.«

»Aber haben die Polizisten nicht etwas angedeutet oder gesagt . . .«

Die Frau schluchzte auf.

»Nichts — sie haben nur gesagt, sie hätten Befehl von Leutnant Lynch. Er ist der Leutnant vom hiesigen Revier.«

»Ich weiß.«

»Leutnant Lynch wollte Mike verhören, deshalb haben sie ihn mitgenommen . . .«

»Also Lynch hat das angeordnet?« Malone blickte finster vor sich hin. Was sollte das bedeuten?

Er mußte auf jeden Fall sofort zum Revier und dabeisein, wenn Lynch mit Mike Fueyo sprach.

Vielleicht konnte er der alten Dame irgendwie helfen. Er konnte es jedenfalls versuchen . . .

»Ich gehe jetzt sofort zum Revier und werde gleich mit Mike sprechen, Mrs. Fueyo«, sagte Malone, »und wenn er unschuldig ist, sorge ich dafür, daß er sofort nach Hause kommt!«

Ihr feindseliger Gesichtsausdruck veränderte sich kaum, aber Malone fühlte die Dankbarkeit, die sie nicht zeigen wollte.

Die Frau nickte nur mit ernstem Gesicht und schwieg.

Er drehte sich um und ging die Treppe hinunter. Hinter ihm klappte leise die Tür zu.

Er durfte keine Zeit verlieren.

Da er jetzt den Weg kannte, brauchte er nur fünf Minuten für den Weg zum Polizeirevier statt fünfzehn wie für den Hinweg. Aber er wurde das Gefühl nicht los, daß auch das zu lange sei ...

Angelangt, rannte er die große Treppe hinauf und an dem wachhabenden Sergeanten vorbei, der ihn anscheinend gleich wiedererkannte, denn er erhob keine Einwendung, als Malone — drei Stufen auf einmal nehmend — die Treppe zu Lynchs Zimmer hinaufraste.

Der Raum war verlassen.

Malone starrte verblüfft in das leere Arbeitszimmer, wandte sich um und rannte die Treppe wieder hinunter, ohne zu wissen, wohin. Auf halbem Wege kam ihm ein Polizeibeamter entgegen.

»Wo ist Lynch?« schrie ihn Malone an.

»Der Leutnant?«

»Wer sonst, Sie Idiot«, brüllte Malone. »Wo ist er?«

»In irgendeiner Zelle«, erwiderte der Polizist schwerfällig, »verhört einen Jungen — hören Sie mal, alter Junge, Sie können aber hier nicht so einfach 'reinplatzen. Wenn Sie den Leutnant sprechen wollen, müssen Sie sich anmelden ...«

Malone war unten, bevor der Mann den Satz beendet hatte.

»Was wollen Sie denn nun schon wieder?« fragte der wachhabende Sergeant mißmutig.

»Ich hab's eilig«, sagte Malone hastig. »Wo sind die Zellen? Ich muß Leutnant Lynch sprechen!«

Der Sergeant nickte.

»Okay — aber er ist nicht in den Zellen. Er ist mit irgend so einem Jungen im Vernehmungsraum.«

»Bringen Sie mich hin!«

»Tut mir leid — ich darf meinen Platz nicht verlassen. Aber

ich werde Ihnen den Weg beschreiben.«

Er räusperte sich und erklärte Malone langatmig, wie er zu jenem Zimmer hinfinden konnte.

Der Raum lag am Ende eines langen Korridors, und auf die Tür war mit Kreide eine unbeholfene 1 gemalt.

Malone öffnete und sah hinein.

Das Zimmer war ziemlich klein und spartanisch einfach eingerichtet.

Er hatte schon befürchtet, sie würden den dritten Grad anwenden, aber er sah weder Gummiknüppel noch Scheinwerfer, um den Gefangenen zu blenden.

Leutnant Lynch und zwei Polizisten saßen in der Mitte des Zimmers und vor ihnen, auf einem vierten Stuhl, der Junge.

Er sah nicht wie ein Verbrecher aus.

Mit seinen lockigen schwarzen Haaren und seinen braunen Augen machte er im Gegenteil einen vertrauenswürdigen Eindruck. Er war schlank und ziemlich drahtig, und der Blick, mit dem er die Polizisten ansah, war weder feindlich noch allzu freundlich. Es schien, als warte er ab, was man von ihm wollte.

Malone hatte das Gefühl, den Jungen schon einmal gesehen zu haben, aber er wußte nicht, wann und wo . . .

Leutnant Lynch sprach gerade mit ihm:

». . . wir wollen doch nur eine kleine Auskunft von dir, Mike! Wir dachten, du würdest uns helfen können . . .«

»Klar!« sagte Mike Fueyo. Seine Stimme war sanft und ein wenig ausdruckslos. »Ich will Ihnen gern helfen, Leutnant, wenn ich kann — aber ich verstehe einfach nicht, was Sie von mir wollen!«

»Ich spreche von den Cadillacs«, sagte Lynch wütend, »den roten Cadillacs, neuestes Modell.«

»Ein toller Wagen!« erwiderte Mike Fueyo.

»Was weißt du darüber?«

»Was ich weiß? Nur daß das eine hübsche Wagentype ist. Was soll ich sonst noch wissen? Glauben Sie vielleicht, ich besitze einen roten Cadillac?« Er lachte auf. »Ich habe wirklich nicht so viel Geld, um mir einen solchen Luxuswagen leisten zu können. Ich würde Ihnen ja gern helfen bei Ihrer Untersuchung, aber . . .«

»Die Cadillacs«, sagte Lynch stur, »sind . . .«

»Moment mal, Leutnant«, unterbrach ihn Malone, und die Polizisten fuhren herum.

Eisiges Schweigen herrschte, und Malone lächelte entschuldigend.

»Ich möchte nicht stören«, sagte er, »aber ich möchte mich mit Mike Fueyo hier ein bißchen unterhalten.«

»Bitte sehr!« sagte Lynch mit säuerlicher Miene.

»Ich möchte einige Fragen an ihn richten, aber — allein!«

Leutnant Lynch zog die Augenbrauen hoch und knurrte etwas vor sich hin. Er konnte nichts dagegen machen, wenn das FBI dieses Privileg forderte. »Von mir aus«, sagte er wütend, »tun Sie das!«

»Sie können vor der Tür warten! Er kann nicht entfliehen — haben Sie keine Sorge. Und nehmen Sie bitte das hier an sich!« Er öffnete seine Jacke, schnallte sein Revolverhalfter los und händigte es dem Leutnant aus. Es war verboten, bewaffnet allein mit einem Gefangenen in einem Raum zu bleiben — und diese Vorschrift hatte ihre guten Gründe.

Widerwillig verließen Lynch und seine Männer das Zimmer.

Malone verstand das nur zu gut.

Wenn er selbst diesen Fall löste, hatte Lynch wenig davon. Wenn aber Lynch die Diebstähle aufklären konnte, würde er berühmt sein und wahrscheinlich befördert werden.

Außerdem war die New Yorker Polizei eifersüchtig auf das FBI und liebte die Einmischung dieser Bundesbehörde gar nicht.

Aber Lynch blieb keine Wahl.

Malone seufzte und wandte sich Mike Fueyo zu, der still auf seinem Stuhl saß.

»Hören Sie mal zu, Mike —« begann er. Er wurde unterbrochen.

Die Tür ging auf, und Leutnant Lynch steckte den Kopf in das Zimmer: »Wenn Sie uns brauchen, Malone, rufen Sie . . .«

»Okay«, versprach Malone unwillig.

»Also, Mike«, begann er von neuem, »mein Name ist Malone, und ich arbeite für das FBI. Ich möchte Ihnen ein paar Fragen stellen . . .«

»Prima, Mr. Malone«, unterbrach ihn Mike. »Ich bin froh, daß Sie endlich gekommen sind! Diese Schnüffler haben mich verdammt schlecht behandelt, wissen Sie das?«

»Ich bin sicher, daß —«

»Aber ich habe immer auf Sie gewartet«, unterbrach ihn Mike Fueyo, »ich wollte Ihnen etwas sagen! Etwas ungeheuer Wichtiges!«

Malone beugte sich erregt vor.

Jetzt endlich würde er etwas erfahren — vielleicht die Lösung für diesen ganzen Fall.

»Ja?«

Mike zögerte offensichtlich.

»Sie brauchen keine Angst zu haben, Mike«, sagte Malone. »Nur sagen Sie mir endlich, was Sie auf dem Herzen haben!«

»Ja«, erwiderte Mike Fueyo. »Jetzt geht's los!« Er holte tief Atem.

Malone ballte die Fäuste.

Jetzt würde er endlich etwas erfahren. Ungeduldig wartete er.

Mike öffnete den Mund und stieß einen langgezogenen, gellenden Ruf aus.

Und dann, im selben Moment, war außer Malone niemand mehr in dem kleinen Zimmer.

Mike Fueyo war verschwunden.

Der Raum bot keinerlei Versteck, und es war auch gar nicht genug Zeit dafür gewesen, sich zu verstecken. Verstört blickte Malone um sich, aber er hatte keine Zweifel mehr:

Mike Fueyo war verschwunden — spurlos.

5

Dreißig Sekunden vergingen.

Während dieser Zeit tat Malone gar nichts. Er saß auf seinem Stuhl, völlig verwirrt, und zusammenhanglose Bilder tauchten vor seinem geistigen Auge auf.

Der Grund hierfür schien ihm offensichtlich: Er war verrückt geworden — hatte Halluzinationen. Sein Gehirn, seine Vernunft hatten ihn in einem wichtigen Augenblick verlassen, und er machte sich darauf gefaßt, daß in wenigen Minuten weißgekleidete Wärter hereinkommen und ihn in der Zwangsjacke wegbringen würden.

Er war nicht mehr der alte Malone.

Wahrscheinlich war es die Folge der Gehirnerschütterung, und der Arzt im St. Vincent Hospital hatte nicht bemerkt, wie schwer seine Verwundung war.

Malone hatte Ärzten schon immer mißtraut, und jetzt zeigte sich, wie recht er daran getan hatte.

Er lebte nicht mehr in der Wirklichkeit, sondern in einem Phantasieland, wo Menschen sich in Nichts auflösten, wenn man sie ansah. Es gab keine Hoffnung mehr für ihn . . .

So mußte es sein.

Aber dann fiel ihm ein, daß seine Theorie einen entscheidenden Fehler hatte:

Das kleine Zimmer, in dem er sich befand, war noch der gleiche nüchterne Raum wie vorher. Nichts von Phantasieland — alles war genau wie vorher, bevor Mike Fueyo . . . Hier standen die vier Stühle. In einem von ihnen saß er selbst — und alle anderen waren leer!

Malone verwarf die Theorie, daß er verrückt geworden sei, und damit gab er auch die einzige plausible Erklärung für das Verschwinden Mike Fueyos auf. Aber wenn er nicht verrückt war: Was war dann geschehen?

Er zerbrach sich den Kopf.

Hatte er vielleicht für Sekunden das Bewußtsein verloren, und der Junge hatte diese Zeit dazu benutzt, einfach hinauszugehen?

Natürlich! So mußte es sich abgespielt haben: Er hatte den Jungen nicht fortgehen sehen, weil er ein oder zwei Sekunden lang bewußtlos gewesen war! Oder der Schlag auf den Kopf hatte seine Sehnerven verletzt, und er hatte in diesem kurzen Zeitraum nichts sehen können — Mike Fueyo mußte das bemerkt haben und hatte diesen Augenblick genutzt, um zu verschwinden — war einfach hinausgegangen.

Durch die Tür, denn Fenster gab es in diesem Zimmer nicht, und das kreisrunde Loch des Ventilators war zu eng für einen Menschen.

Damit war also Mikes Verschwinden geklärt, und er hatte sich schon unnütze Sorgen gemacht! Malone war erleichtert.

Er erhob sich von seinem Stuhl, ging zur Tür und öffnete sie.

Leutnant Lynch fiel beinahe ins Zimmer.

Offensichtlich hatte er sein Ohr ans Schlüsselloch gepreßt und nicht erwartet, daß Malone so schnell fertig sein würde mit der

Vernehmung. Die beiden anderen Polizisten standen dicht hinter ihm und füllten den Türrahmen mit ihren breiten Schultern aus.

Lynch hatte das Gleichgewicht wiedergefunden und starrte Malone böse an.

»Wo ist er?« fragte Malone.

»Wo ist er?« wiederholte Lynch verständnislos. »Wo ist wer?«

Malone schüttelte ungeduldig den Kopf.

»Fueyo natürlich!«

Lynch und die beiden Polizisten waren völlig verwirrt.

Malone schrak zusammen.

Plötzlich war ihm klar, daß auch seine zweite Theorie versagt hatte und völlig unsinnig gewesen war.

Wenn Mike Fueyo das Zimmer durch die Tür verlassen hätte, würden es die Polizisten bemerkt haben. Aber augenscheinlich wußten sie von nichts.

Also war Mike auch nicht durch diese Tür gegangen.

Malone holte tief Atem.

»Wovon sprechen Sie eigentlich?« sagte Lynch zu ihm. »Ist der Junge nicht bei Ihnen im Raum? Was ist passiert?«

Es gab nur noch eine Möglichkeit für Malone, sich aus der Affäre zu ziehen, und diese ergriff er entschlossen. Er bluffte.

Er setzte eine strenge Amtsmiene auf und fuhr Lynch an:

»Selbstverständlich ist er nicht mehr hier! Ich habe ihn aus der Haft entlassen.«

»Was haben Sie . . .?«

». . . entlassen!« wiederholte Malone. Er trat auf den Gang hinaus und zog die Tür des Raumes hinter sich zu. »Ich habe alles erfahren, was ich wissen wollte — darum habe ich ihn entlassen.«

»Schönen Dank!« sagte Lynch bitter. »Das ist ja prima, daß Sie jetzt Bescheid wissen. Und ich Idiot habe ihn auch noch für Sie festnehmen lassen, damit Sie diesen Fall allein lösen können . . .«

»Sie haben ihn doch zum Verhör festnehmen lassen, nicht wahr?« fragte Malone.

»Natürlich habe ich das . . .«

»Na, sehen Sie!« sagte Malone frech, »und ich habe ihn verhört!«

Lynch fand keine Worte mehr über so viel Unverschämtheit.

Schließlich stammelte er:

»Was hat er denn ausgesagt?«

»Tut mir leid«, grinste Malone, »das ist streng geheim!«

Er schob Lynch beiseite und trat auf den Korridor hinaus, mit einem Gesicht, als habe er in der nächsten Stunde noch weitere fünfzehn Fälle zu knacken.

»Aber . . .«

»Ich danke Ihnen für Ihre Mitarbeit, Leutnant Lynch«, sagte er sehr offiziell. Er lächelte die Polizisten herablassend an und winkte gnädig mit der Hand. »Sie haben mir sehr geholfen — es war überaus freundlich von Ihnen. Auf Wiedersehen!« Damit wollte er sich auf den Weg machen.

»Warten Sie mal!« rief Lynch plötzlich. Er riß die Tür zum Vernehmungszimmer auf. Es war leer. »Malone! Warten Sie!«

Kenneth Malone drehte sich langsam um.

Er versuchte, ganz ruhig und gelöst auszusehen.

»Ja?« sagte er.

Lynch starrte ihn verblüfft an. »Malone — wie haben Sie ihn aus der Haft entlassen? Wir standen doch vor der Tür! Und er ist nicht herausgekommen. Es gibt keinen anderen Ausgang aus diesem Raum! Sagen Sie mir — wie haben Sie ihn hinausgeschmuggelt?«

Wieder gab es für Malone nur eine Möglichkeit zu antworten — wieder mußte er die Polizisten bluffen. Er legte soviel Aufrichtigkeit in seine Stimme wie möglich, als er antwortete:

»Tut mir furchtbar leid, Leutnant — aber auch das ist streng geheim!«

Er winkte den Polizisten noch einmal zu und schlenderte gemächlich den langen Korridor hinunter. Als er die Treppe erreicht hatte, fing er an zu laufen, und er war draußen aus dem Revier und saß in einem eilig herbeigewinkten Taxi, bevor den Polizisten bewußt wurde, daß sie auf einen Trick hereingefallen waren.

Während das Taxi den Broadway hinunterfuhr in Richtung auf die 69ste Straße zu, schloß Malone die Augen und überdachte die ganze Geschichte noch einmal in Ruhe.

Mike Fueyo hatte sich in Nichts aufgelöst.

Daran gab es nichts mehr zu deuteln, es war eine nackte Tatsache, mit der man sich abfinden mußte.

Er lehnte sich zurück und grübelte nach:

Wo war Mike Fueyo?

Malone zweifelte nicht daran, daß Mike Fueyo wußte, daß ihm die Fähigkeit gegeben war, auf Wunsch zu verschwinden. Und sicher wußte er es nicht erst seit heute, sondern schon lange Zeit . . .

Kein siebzehnjähriger Junge — und war er auch noch so frech — würde sich trauen, mitten in einem Verhör einen gellenden Schrei auszustoßen, wenn er nicht genau wußte, daß die Polizei ihm nichts anhaben konnte.

Malone fluchte vor sich hin.

Der Taxifahrer wandte sich um und rief über die Schulter: »Geht es Ihnen nicht gut, Mister?«

»Nein«, sagte Malone gepreßt, »mir geht es nicht gut — aber das ist meine Sache!«

Der Taxifahrer zuckte beleidigt die Achseln und sah wieder nach vorn. Malones Gedanken kehrten zu Mike Fueyo zurück.

Der Junge konnte also verschwinden, wann er wollte.

Unsichtbarkeit?

Er dachte eine Weile darüber nach: Es war möglich, daß es so gewesen war — obwohl es naturgemäß eigentlich unmöglich war, daß ein Mensch verschwand . . . Aber je mehr er darüber nachgrübelte, um so mehr kam er zu der Überzeugung, daß Mike Fueyo sich nicht einfach unsichtbar gemacht hatte, sondern daß er auch den Raum verlassen hatte.

Er hatte deutlich gespürt, wie jemand das Zimmer verließ!

Und er war jetzt sicher, daß er auch gespürt hätte, wenn Mike Fueyo noch mit ihm in jenem Raum gewesen wäre . . .

Mike war fortgegangen — irgendwo anders hin!

Damit war der Kreis geschlossen, und Malone war wieder bei seiner ersten Frage: Wo war Mike Fueyo jetzt?

Aber noch viel wichtiger war das »Wie«?

Malone kramte in seinem Gedächtnis herum, bis er endlich gefunden hatte, was er suchte:

Dr. O'Connor, der Psionik-Experte bei der Firma Westinghouse!

O'Connor hatte einen Telepathie-Detektor erfunden, und als er sich das letzte Mal mit ihm unterhalten hatte, waren sie auch auf dieses Thema gestoßen . . .

». . . schließlich«, hatte Dr. O'Connor gesagt, »— wenn Gedanken größere Entfernungen überbrücken können und alle Hindernisse überwinden — warum soll das nicht auch Materie können?«

»Wie kommen Sie zu diesem Schluß?« hatte Malone entgegnet. »Selbstverständlich ist das unmöglich. Bis jetzt jedenfalls . . .«

»Seien Sie nicht so sicher«, hatte der Gelehrte erwidert. Sein Gesicht war todernst gewesen. »Wir haben zwar noch keinerlei Beweise oder Berichte darüber — aber das besagt nichts! Die Forschung auf diesem Gebiet hat gerade erst begonnen. Materie, wenn sie von einem starken Willen beherrscht wird, kann vielleicht Entfernungen in Bruchteilen von Sekunden überbrücken . . .«

Und dann hatte Dr. O'Connor einen Ausdruck gebraucht, ein gewisses Wort . . . jetzt fiel es ihm wieder ein:

Teleportation.

Das war's. Malone lehnte sich in den Sitz zurück. Alles, was man dabei zu tun hatte, war, sich in Gedanken an einen bestimmten Ort zu versetzen, und — schon war man dort!

Wenn er diese Fähigkeit besäße, dachte Malone betrübt, würde ihm viel erspart bleiben: Zeit, Mühe, Taxikosten und eine Menge anderer Sachen . . .

Aber er war kein Teleport. Und auch Dr. O'Connor hatte bisher niemanden gefunden, der einer war. Und soweit Malone bekannt war, gab es auch keinen . . .

Außer Mike Fueyo!

Das Taxi hielt vor dem FBI-Büro.

»Sind Sie ein Geheimagent?« fragte der Taxifahrer ehrfürchtig.

»Nein«, erwiderte Malone freundlich, »ich bin ein ausländischer Spion.«

»Aha.« Der Taxifahrer vergaß vor Schreck das Geld zu nehmen, das ihm Malone hinhielt, legte den Gang ein und brauste mit seinem Auto schnell davon.

Malone grinste hinter ihm her und ging hinein.

Das FBI-Büro arbeitete auf Hochtouren.

Malone schob sich an diskutierenden Menschengruppen vorbei, bis er endlich den kleinen Raum erreicht hatte, der Boyd und ihm als Arbeitszimmer zugewiesen worden war.

Er hatte sich bereits entschlossen, seinem Kollegen zunächst einmal nichts von dem verschwundenen Jungen zu erzählen. Das würde ihn nur durcheinanderbringen, und die Dinge waren schon so kompliziert genug für einen Mann wie Boyd.

Außerdem hatte Malone bis jetzt keine Beweise: Er und die drei verstörten Polizisten auf dem Revier waren vorläufig die einzigen Zeugen.

Boyd war seine Aufgabe zugewiesen worden, und die sollte er erst einmal erledigen — er war gerade mitten drin, als Malone das Zimmer betrat.

Er saß vor dem Schreibtisch und sprach ins Visiphon.

Malone konnte das Gesicht auf dem Bildschirm nicht sehen, das Boyd finster anstarrte:

».. . dafür sind Sie doch da«, sagte Boyd ärgerlich. »Sie werden doch mit dem Burschen fertig werden . . .«

»Aber der Mann will die Stadt verklagen«, antwortete die Stimme blechern aus dem Lautsprecher.

»Soll er! Wir sind dazu ermächtigt. Beschlagnahmen Sie einfach den Wagen!«

»Aber Mister Boyd, ich . . .«

»Ist mir egal, wie Sie das machen«, fuhr Boyd sein Gegenüber auf dem Schirm an. »Nehmen Sie ihm das Auto weg! Und dann bringen Sie es zur Polizei und sagen den Polizisten dort: Mister Malone vom FBI hat diesen Cadillac beschlagnahmen lassen — die bringen das Fahrzeug dann sofort zu Leibowitz. Haben Sie verstanden?«

»Ja, Mister Boyd, aber ich . . .«

»Keine Widerrede — tun Sie, was ich Ihnen gesagt habe! Die Vereinigten Staaten von Amerika erwarten von Ihnen, daß Sie Ihre Pflicht tun!« Mit einem lauten Stoßseufzer hängte Boyd das Mikrofon ein und drehte sich zu Malone herum:

»Eine wundervolle Aufgabe haben Sie mir da zugeschanzt . . .«

»Einer muß das machen«, grinste Malone. »Wie weit sind wir damit?«

Boyd schloß einen Moment die Augen.

»Bis jetzt haben wir 23 rote Cadillacs vom neuesten Typ erwischt — ein schöner Erfolg«, sagte er müde. »Und sechs Anrufe sind gekommen wie dieser, den Sie eben mitgehört haben ... was soll ich machen, wenn meine Leute einen roten Cadillac aufgabeln, in dem ein Pärchen sitzt, das gerade schmust?«

»Zu dieser Tageszeit?«

»New York«, Boyd zuckte die Achseln. »Hier sind die Leute nicht normal.«

Malone nickte. »Was haben Sie mit den beiden gemacht?«

»Ich habe meinen Leuten gesagt, sie sollen dem Pärchen den Wagen wegnehmen und den beiden zwei Kinokarten — letzte Sitzreihe — kaufen ...«

»Gut«, sagte Malone befriedigt, »aber sprechen Sie nicht weiter darüber!« Es erinnerte ihn wieder an Dorothy. Er mußte die Karten für die Show besorgen. Aber das hatte noch Zeit.

»Was macht Leibowitz?«

»Er hat sein Fließband aufgebaut«, sagte Boyd. »Hat sich die Einrichtung einer großen Auto-Reparaturwerkstatt in Jersey City ausgeborgt, und es geht noch schneller, als wir alle dachten.« Er machte eine Pause.

»... aber es war ein wundervoller Tag, Malone. Ich werde ihn mein ganzes Leben nicht vergessen! Und was haben Sie unterdessen erreicht?«

»Nichts Besonderes.«

»Sie sind der typische FBI-Mann«, sagte Boyd mit einer Grimasse. »Sie leben von Spesen, auf Kosten des Staatsbürgers, aber erreichen tun Sie nichts.«

»Ich kann nichts dafür«, erwiderte Malone.

»Was haben Sie denn den ganzen Tag gemacht? An der Bar gesessen und Whisky getrunken — während ich hier oben sitze und mir den Mund fusselig rede wegen dieser roten Cadillacs?«

»Nein, Boyd, ich habe ... ich habe getan, was mir Burris befohlen hat — ich habe meine Augen aufgemacht.«

Das Visiphon summte.

Boyd schaltete das Mikrofon ein und sah ängstlich auf den Bildschirm. Wer würde nun wieder etwas Unangenehmes von ihm wollen?

»Hier ist das FBI«, sagte er scharf. »Wer ist dort?«

Langsam nahm die Gestalt auf dem Bildschirm Formen an. Es war ein Mann Mitte dreißig, mit braunen Augen und einem Gesichtsausdruck, der gleichzeitig traurig und zuversichtlich aussah.

»Hallo, Boyd!« sagte der Mann abwesend.

»Ach, Sie sind's, Mr. Leibowitz?«

»Ist Mr. Malone da? Ich hätte ihn gern mal gesprochen!«

»Augenblick!«

Boyd winkte Malone und stand auf.

»Guten Tag. Wie sieht's aus, Mr. Leibowitz?« fragte Malone den Ingenieur.

»Deswegen rufe ich Sie an, Malone«, sagte Leibowitz. »Wir haben die Zeit für die Untersuchung der einzelnen Autos herabdrücken können . . .«

»Wunderbar.«

»Wir brauchen jetzt nur noch vier Stunden pro Wagen — das heißt, in weniger als 15 Minuten Abstand verlassen die Autos das Fließband. Sechzehn Cadillacs haben wir augenblicklich noch zu untersuchen . . .«

»Okay. Bitte beschleunigen Sie die Arbeiten so weit wie möglich.«

»Ja. Ich kann Ihnen schon einen vorläufigen Bericht geben, Malone. Die ersten Wagen haben das Fließband bereits verlassen — es tut mir leid, aber es sind ganz normale Autos . . .«

»Das habe ich erwartet«, sagte Malone ruhig. »Es wäre reiner Zufall, wenn wir gleich beim ersten Cadillac etwas finden würden.«

»Ich bin selbst bei der Überprüfung dabei, Malone.«

»Fein!« sagte Malone mit Überzeugung.

Leibowitz war einer jener Menschen, die einem vom ersten Augenblick an Vertrauen einflößten. Malone war überzeugt, daß der Ingenieur seine Arbeit verstand wie kein Zweiter. Dann fiel ihm etwas ein: »Sind die ersten Wagen schon wieder zusammengebaut worden?«

»Natürlich«, sagte Leibowitz. »Die Zeit für die Montage haben wir mit einberechnet. Was soll ich mit den fertigen Wagen machen?«

»Wenn Sie nichts gefunden haben, bringen Sie sie den Besitzern zurück. Oder lassen Sie das durch die Polizei erledigen — die hat sowieso nichts zu tun. Wenn Sie aber etwas Außergewöhnliches entdecken sollten . . .«

». . . dann rufe ich Sie gleich an«, ergänzte Leibowitz.

Malone zögerte.

»Ich möchte Sie noch etwas fragen — aber bitte, glauben Sie nicht, daß ich Zweifel an Ihrer Zuverlässigkeit habe . . .«

»Schießen Sie los!«

»Warum dauert das alles so lange? Ich meine, es müßte verhältnismäßig einfach sein, in einem Auto ein eingebautes Elektronengehirn zu finden?«

»Früher vielleicht, Malone«, sagte Leibowitz. »Heute ist das anders. Mit der immer weiter fortschreitenden Verkleinerung dieser Geräte ist es heutzutage möglich geworden, ein Elektronengehirn unter dem Lack des Wagens zu verbergen . . .«

Malone lächelte. Er mußte plötzlich an Dorothy denken. Sie benutzte einen rosafarbenen Lippenstift. »Unter der Farbe . . .« fragte er abwesend.

Leibowitz lächelte zurück.

»Ich habe schon oft zu meiner Frau gesagt, daß es heutzutage möglich ist, unter ihrem Lippenstift eine ganze Fernsehaufnahmekamera zu verbergen — ein sinnloses Experiment, aber es wäre technisch durchführbar. Und wenn Ihre Annahme stimmt, hat sich jemand diese technischen Möglichkeiten zunutze gemacht — bei den roten Cadillacs.«

»Aber Sie können ein solches Elektronengehirn finden?«

Leibowitz nickte langsam.

»Ja. Wir finden es in jedem Fall. Die Schaltung selbst braucht nur ein paar hundertstel Millimeter dick zu sein, auch die Isolatoren und die anderen Teilchen — aber die Transistoren beispielsweise sind fast so groß wie ein Stecknadelkopf . . .«

»Riesig groß . . .« grinste Malone.

Leibowitz lachte. »Groß genug, um sie zu finden. Und die Zuleitungen von dem Elektronengehirn zum Wagenantrieb sind noch leichter zu finden. Das Gehirn selbst gibt ja nur die Befehle, aber um den Wagen zu steuern, braucht man eine ziemliche Energie — und dementsprechend groß muß auch der Apparat sein . . .« Leibowitz war in Schwung.

»Mit anderen Worten«, unterbrach ihn Malone ungeduldig, »es müßte schon eine umwälzende technische Neuerung sein, wenn Sie sie nicht entdecken könnten.«

»Richtig — etwas völlig Neues. Wir sind mit den neuesten technischen Entwicklungen vertraut, Malone, mein Partner, Mr.

Hardin, ist eine Kapazität auf diesem Gebiet . . .«

Leibowitz war nicht mehr zu halten, er fachsimpelte drauflos, und Malone bedauerte bereits seine Frage.

»Hören Sie, Leibowitz«, unterbrach er den Ingenieur, »Sie werden das schon machen. Sie brauchen mir nur einen Bericht zu schicken, wenn Sie etwas gefunden haben, sonst nicht!«

»Ich hätte Sie auch nicht belästigt«, sagte Leibowitz beleidigt, »wollte Ihnen ja nur sagen, daß wir die Inspektionszeit 'runtergedrückt haben . . .«

»Schon gut, Mr. Leibowitz, also auf Wiedersehen!«

Malone schaltete das Visiphon schnell ab und wollte aufstehen, als der Summer aufs neue ertönte.

»FBI!« meldete sich Malone. »Hier spricht Malone!«

Die Person am anderen Ende der Leitung meldete sich nicht sofort. Langsam gewann das Bild auf dem Schirm Konturen und zeigte eine ältere Frau, die er sofort erkannte.

Es war Juanita Fueyo — Mikes Mutter.

Malone starrte sie an. Er war zu überrascht, um etwas sagen zu können.

Natürlich hatte sie die Visiphonnummer des FBI-Büros von der Auskunft erfahren — und ihn so gefunden. Aber warum rief sie ihn an?

»Oh, Mr. Malone«, rief sie, »ich danke Ihnen so sehr, daß Sie meinen Sohn zurückgeschickt haben!«

Malone schluckte nervös.

»Ich? Was —«

»Sie müssen mir noch einmal helfen, Mr. Malone! Jetzt sagt Mike, er kann nicht zu Hause bleiben, er müsse wieder fort! Er verläßt mich wieder! Er geht fort!«

»Er geht fort?«

Malone dachte an tausend Dinge zugleich.

Er konnte ein Überfallkommando hinschicken und Mike wieder festnehmen lassen. Und Mike würde vielleicht wieder verschwinden, während sie ihn abführten!

Er konnte selbst hingehen, und Mike Fueyo würde sich vielleicht mit ihm den gleichen Spaß noch einmal erlauben — und sich vor seinen Augen in Nichts auflösen! Oder er konnte versuchen, über das Visiphon mit Mike zu sprechen, um ihn zur Vernunft zu bringen.

Aber was hätte das schon für einen Sinn?

So saß er nur da, starrte Juanita Fueyo an und hörte ihr zu.

»... er sagt, er wird mir Geld schicken, aber ich will kein Geld — ich will meinen Jungen haben, meinen Mike! Er sagt, er muß fort — aber Sie können das verhindern, Mr. Malone, ich weiß es!«

»Ja«, sagte Malone, »aber —«

»Ich wußte, Sie würden mich nicht im Stich lassen«, rief Mrs. Fueyo. »Sie sind ein guter Mensch, Mr. Malone! Ich werde für Sie beten! Ich danke Ihnen so sehr — bringen Sie mir meinen Jungen zurück, bitte!«

Das Bild auf dem Schirm verblaßte und verschwand. Sie hatte abgeschaltet.

Boyd tippte Malone von hinten auf die Schulter.

»Wer war das?«

Malone dachte sich schnell eine unverbindliche Antwort aus:

»Das war meine Schwiegermutter — sie ist jedesmal besorgt, wenn ich Untersuchungen durchführe, ohne sie mitzunehmen...«

»Sehr komischer Witz«, sagte Boyd gekränkt. »Kitzeln Sie mich mal unter den Armen, damit ich darüber lachen kann!«

»An die Arbeit, Boyd, alter Junge — und überlassen Sie mir den Rest«, erwiderte Malone versöhnlich.

Er winkte Boyd zu und verließ ihr Arbeitszimmer. Als er am Büro des diensttuenden FBI-Beamten vorbeiging, fielen ihm die Karten für *The Hot Seat* ein, und er sah schnell hinein und bat den Kollegen, ihm unter allen Umständen zwei Karten für heute abend zu besorgen. Schließlich hatte das FBI seine Beziehungen...

Der Kollege, ein langer dürrer Mensch, der aussah, als leide er an einem chronischen Magenleiden, sagte mürrisch:

»Menschenskind — ausgerechnet *The Hot Seat,* das seit Wochen ausverkauft ist... Sie müssen verrückt sein... seid ihr in Washington alle so?«

»Nein«, erwiderte Malone fröhlich, »die meisten von uns sind ganz normal. Außer jenem einen — wir nennen ihn Napoleon — der immer behauptet, er hätte die Schlacht von Waterloo eigentlich gewinnen müssen...«

Grinsend schnippte er seinen Zigarettenstummel hoch in die

Luft und verließ das Büro.

6

Malone wanderte die 69ste Straße entlang auf die Park Avenue zu, ohne zu wissen, wohin er ging. Glücklicherweise waren die Straßen um diese Zeit leer, und er mußte sich nur zweimal entschuldigen — einmal, als er einem Herrn auf die Füße trat, und das zweite Mal, als er das Schoßhündchen einer aufgetakelten Dame mit einem Fußtritt aus Versehen durch die Luft beförderte.

Er brummte eine Melodie aus *The Hot Seat* vor sich hin, während er sich über seine nächsten Schritte klarzuwerden versuchte.

Das hier war kein gewöhnlicher Fall.

Burris hatte gesagt, es sei eine Art Erholung — und in gewisser Beziehung hatte er recht: Das erste Mal in seiner Laufbahn gab es keinen Zweifel darüber, wer die Verbrechen begangen hatte.

Es stand außer Zweifel, daß Mike Fueyo und seine Stummen Geister die Cadillacs gestohlen hatten.

Ebenso gab es keine Frage, daß es Mike — oder jemand mit den gleichen Fähigkeiten wie Mike — gewesen war, der ihn niedergeschlagen und den roten Cadillac in Greenwich Village gestohlen hatte . . .

Und dieselbe Person hatte auch Sergeant Jukovsky unschädlich gemacht.

Malone war ganz sicher: Einer der Bande mußte außergewöhnlich klein von Statur sein, und die beiden Polizisten, die angeblich in dem geparkten Auto niemand gesehen hatten, mußten den Jungen übersehen haben . . .

Natürlich saß jemand am Steuer, als der Cadillac dann losfuhr . . . und Sekundenbruchteile bevor der Wagen zerschellte, hatte sich dieser Jemand mit Hilfe seiner Willenskraft irgendwo anders hin versetzt, um sich zu retten.

Das hieß, daß Leibowitz & Hardin in keinem der roten Cadillacs irgendwelche geheime Maschinchen finden würden.

Aber Malone hatte sich bereits entschlossen, die technische Überprüfung weiterlaufen zu lassen.

Erstens war es möglich, daß er selbst sich irrte und doch ein Miniatur-Elektronengehirn in einem der Autos vorhanden war — zweitens: Es hielt ihm Boyd vom Leibe ...

Die Frage, wer die roten Cadillacs gestohlen hatte, war also gelöst — jetzt war das Problem:

Wie fängt man einen Teleport?

In der Madison Avenue ging er in ein kleines Lokal, um zu telefonieren.

Entschlossen schritt er an dem freundlichen Mann hinter der Theke, der die vielen einladenden Flaschen verwaltete, vorbei — geradewegs auf die Visiphonzelle zu.

Er rief den Chef der New Yorker Polizei an — John Henry Fernack.

Fernack hatte ein undefinierbares Gesicht, das keinerlei Rückschlüsse auf sein Alter zuließ. Er konnte ebensogut 70 wie 50 Jahre alt sein. Aber er hatte ein jugendliches Temperament.

Als er Malone auf dem Visiphonschirm erkannte, zog er schweigend die Augenbrauen hoch.

»Mister Fernack«, sagte Malone, »ich möchte Sie um einen Gefallen bitten.«

»So —« erwiderte Fernack argwöhnisch, »und was wollen Sie von der New Yorker Polizei?«

»Können Sie die Daten aller Diebstähle eines bestimmten Zeitraums durch einen Computer statistisch auswerten lassen? Ich brauche Material ...«

»Das hängt von dem gegebenen Zeitraum ab, Malone«, sagte Fernack vorsichtig. »Für das Jahr 1648 zum Beispiel wäre es wohl unmöglich.«

»Was sollte ich wohl mit einer Statistik aus dem Dreißigjährigen Krieg anfangen, Fernack?«

»Ich stelle dem FBI nie Fragen«, erwiderte Fernack gehässig. Er teilte den Widerwillen der gesamten New Yorker Polizei gegen diese übergeordnete Bundesbehörde, die sich so klug vorkam. »Also für welchen Zeitraum brauchen Sie das?«

»Für das letzte Jahr — ungefähr.«

»Und welche Art von Verbrechen soll der Computer zusammenstellen?«

»Alle ungelösten Fälle! Alle Verbrechen und Vergehen, die auf eine scheinbar unmögliche Art und Weise begangen worden

70

sind. Zum Beispiel — wenn ein Safe ausgeraubt worden ist, ohne daß er vorher geöffnet wurde . . .«

»Ungelöste Fälle . . . Moment mal, Malone, die New Yorker Polizei kennt keine ungelösten Fälle . . .«

»Ich sichere Ihnen streng vertrauliche Behandlung der Angelegenheit zu, Mr. Fernack!«

»Können Sie sich ausmalen, was mir passieren würde, wenn die Öffentlichkeit erfährt, daß die New Yorker Polizei nicht alle Fälle aufklärt?«

»Streng vertraulich, Mr. Fernack«, Malone versuchte, seiner Stimme einen möglichst aufrichtigen Klang zu geben. »Schließlich gibt es in jeder Stadt — bei jeder Polizei ungelöste Fälle. Nicht einmal das FBI . . .«

»Streng vertraulich?« fragte Fernack unentschlossen.

»Ehrenwort!«

»Also gut —«

»Wie lange würde es dauern, bis ich die nötigen Daten habe?«

»Ich weiß nicht genau — das letzte Mal, bei einer Statistik über Autounfälle, hat es acht Stunden gedauert.«

»Gut. Also acht Stunden. Ich sehe mir das Ergebnis dann sofort durch.«

Fernack räusperte sich und fragte vorsichtig: »Würde es Ihnen etwas ausmachen, mir zu erklären, wofür Sie die Aufstellung brauchen?« Fernack wußte genau, daß er das nicht verlangen konnte, und es war Malone außerordentlich peinlich.

So sanft wie möglich antwortete er:

»Ich möchte es Ihnen lieber jetzt noch nicht sagen, Mr. Fernack . . .«

Er sah auf dem Schirm deutlich, wie Fernack sich mühsam beherrschte. Schließlich war er der Chef der gesamten New Yorker Polizei.

Aber es hatte keinen Sinn, ihn vorzeitig einzuweihen.

». . . aber ich erkläre es Ihnen sobald wie möglich. Es ist bis jetzt noch streng geheim — und das ist nicht meine Schuld, bitte verstehen Sie das richtig.«

Fernack öffnete den Mund und klappte ihn sofort wieder zu. Es hatte doch keinen Zweck, mit diesen FBI-Leuten zu argumentieren.

»Okay«, sagte er schließlich. »Sie bekommen das Material

sobald wie möglich. Machen Sie's gut, Malone, Wiedersehen!«

Malone atmete erleichtert auf und schaltete ab.

Mit stolzgeschwellter Brust verließ er die Zelle.

Er hatte es nicht nur geschafft, mit dem Chef der New Yorker Polizei fertig zu werden, sondern er war auch an einer Theke vorbeigegangen, ohne einen Drink zu nehmen. Er hatte das Gefühl, damit mehr als seine Pflicht getan zu haben, und er sagte sich, daß er nunmehr eine Belohnung verdient habe.

Sein hungriges Auge wanderte zu den Flaschen mit den vielversprechenden Etiketten hinter der Theke. Er winkte dem Barkeeper.

»Einen doppelten Whisky Soda«, sagte er. »Und einen Orden!«

»Was?«

»Einen Orden: für heldenhaftes Betragen und gute Führung im Dienst!«

Der Barkeeper schüttelte traurig den Kopf.

»So hat es bei vielen angefangen — nachher sehen sie weiße Mäuse. Gehen Sie lieber nach Hause und schlafen Sie sich aus.«

Die New Yorker, sagte sich Malone, hatten keinen Humor. In Chicago, wo er aufgewachsen war und wo die Leute mehr Gin tranken, wurde man nicht gleich für betrunken angesehen, nur weil man einen harmlosen kleinen Scherz zum besten gab.

Malone kippte seinen Whisky hinunter und verließ das Lokal. Ziellos schlenderte er durch die von der Nachmittagssonne vergoldeten Straßen.

Er stellte sich vor, was Mike Fueyo gemacht hatte. Offensichtlich war er direkt vom Revier aus nach Hause gegangen, oder er hatte sich nach Hause gedacht, und dann hatte er seiner Mutter erzählt, daß er sie verlassen würde. Aber er hatte ihr Geld versprochen.

Es war leicht für Mike Fueyo, zu Geld zu kommen! Schaudernd wurde Malone bewußt, wie leicht es für ihn war! Der Magier Houdini hatte sich früher einmal damit gebrüstet, daß ihn keine Panzertür aufhalten könne — in Mike Fueyos Fall war das doppelt wahr! Eine Panzertür konnte ihn weder am Hineingehen noch am Herauskommen hindern!

Abwesend schlenderte er dahin. Er war schon in die westlichen Viertel gelangt, als ihm etwas einfiel, und wieder machte er sich auf die Suche nach einer Visiphonzelle.

Er fand ein Visiphon in einer mexikanischen Bar mit dem klangvollen Namen *Xochitl,* gegenüber der Kirche der Jungfrau Maria.

Zwar versuchte er, sich einzureden, daß es kein Zufall sei, daß er aufs neue in einer Bar gelandet war, aber er glaubte selbst nicht so recht daran. Um es sich zu beweisen, ging er schnurstracks an den glänzenden Flaschenreihen vorbei auf die Zelle zu.

Er wählte das Revier von Leutnant Lynch, und auf dem Schirm erschien der diensttuende Sergeant. Es war nicht der, den er schon kannte.

»Ich bin Malone. Ich möchte mit Lynch sprechen!« sagte er.

»Freut mich, Sie kennenzulernen«, erwiderte der Sergeant höflich, »aber erstens heißt es Leutnant Lynch, und zweitens will der Chef keine Vertreter sehen. Er hat bereits eine Zeitung abonniert . . .«

»FBI!« Malone zeigte seinen Ausweis.

Der Sergeant studierte ihn sorgfältig. »Ich hoffe, es stimmt«, sagte er schließlich. »Kennt Sie der Leutnant?«

»Wir haben als Jungen zusammen gespielt«, sagte Malone wütend. »Wir sind Brüder. Siamesische Zwillinge!«

»Moment«, erwiderte der Sergeant. »Ich werde das nachprüfen.«

Der Schirm blieb eine kleine Ewigkeit lang dunkel. Dann erschien Lynchs Gesicht.

»Hallo, Mr. Malone«, sagte er förmlich. »Haben Sie sich wieder einen neuen Trick ausgedacht, den Sie uns armen, dummen Polizisten vorführen wollen? Wollen Sie uns vielleicht heute mal zeigen, wie Sie sich in Luft auflösen?«

»Ich werde in ein paar Minuten die ganze New Yorker Polizei in ein Nichts auflösen! Würden Sie mir einen Gefallen tun, Lynch?«

»Jeden! Alles, was in meinen schwachen Kräften steht! Was ich habe, gehört Ihnen, Malone . . . wo du hingehst, da will auch ich hingeh'n . . .«

»Hören Sie mit den Albernheiten auf!« sagte Malone grinsend. Es hatte keinen Sinn, sich Lynch zum Feind zu machen.

Lynch schnitt eine Grimasse, holte tief Luft und sagte mit völlig veränderter Stimme:

»Okay, Malone. Was kann ich für Sie tun?«

»Haben Sie noch die Liste der Stummen Geister?«

»Natürlich. Warum? Ich habe Ihnen doch eine Kopie gegeben!«

»Was jetzt getan werden muß, kann ich nicht machen, Lynch. Das müssen Sie mit Ihren Leuten erledigen!«

»Jawohl, Sir!« Lynch legte stramm die Hand an seinen Mützenschirm.

»Hören Sie zu, Lynch: Wir müssen uns jeden einzelnen der Jungen vornehmen!«

»Und was sollen wir tun, wenn wir sie gefunden haben?«

»Das ist es ja eben —« sagte Malone ruhig. »Sie werden sie nicht finden . . .«

»Und warum nicht?«

»Ich wette zehn gegen eins, daß alle von zu Hause fort sind! Daß sie ihre Eltern verlassen haben, ohne eine Adresse zu hinterlassen!«

Lynch nickte bedächtig.

»Zehn gegen eins? Um Geld? Oder ist das Wetten beim FBI verboten, und Sie wollen mich nur auf den Leim führen?«

»Zehn Dollar gegen einen — okay?«

»Gemacht! Die Wette ist perfekt. Bloß aus Spaß natürlich«, fügte er argwöhnisch hinzu.

»Natürlich!«

»Und wo kann ich Sie erreichen, um die zehn Dollar einzukassieren?«

Malone schüttelte lächelnd den Kopf. »Sie nicht — ich werde Ihnen Ihren Dollar abnehmen . . .«

»Ich werde auf Sie warten!« sagte Lynch und verdrehte die Augen, als sei er verliebt. »Aber kommen Sie vor acht — sonst bin ich schon fort.«

»Wenn ich es schaffe . . .«

»Wenn nicht, rufen Sie mich zu Hause an!« Er gab Malone seine Privatnummer.

»Ich werde Sie anrufen, wenn ich die zehn Dollars brauche«, sagte Malone. »Leben Sie wohl, alter Junge!«

Malone schaltete ab, verließ die Zelle und wollte quer durch das Lokal zum Ausgang.

Auf halbem Wege besann er sich.

Es war lange her, seit er zum letzten Mal Tequila getrunken hatte, und jetzt meinte er, eine verdient zu haben.

Aber nur eine kleine.

Er würde sich eine Tequila bestellen und dann sofort gehen. Außerdem war er heute abend mit Dorothy verabredet.

Er setzte sich auf einen der hohen Barhocker.

»*Tequila con limon!*« Ungeduldig wartete er, bis der Barmixer mit seinem Drink kam, dann trank er ihn sachkundig wie ein alter Mexikaner, indem er eine Zitronenscheibe gegen den Rand des Glases hielt und das scharfe Getränk hindurchschlürfte.

Es schmeckte großartig.

Malone trank noch drei weitere Tequilas, bevor er das *Xochitl* verließ.

Dann bemerkte er, daß es schon sehr spät war, fast sechs Uhr, und er hoffte, er werde dieses komische Restaurant Topp's irgendwo finden . . .

Eilig lief er die 42ste Straße hinunter, bog links ein und — da war es: eine große rote Leuchtschrift: TOPP'S.

Er stieß die Glastür auf und ging hinein.

Der Empfangschef, ein dicker Mann mit einer Glatze, begrüßte ihn überschwenglich wie einen verlorenen Sohn, obwohl er ihn vorher nie gesehen hatte.

»Einen Tisch für Sie, mein Herr?«

»Nein!« Malones Blick suchten die Räumlichkeiten ab. »Ich werde erst mal einen an der Bar nehmen!«

Der Dicke verbeugte sich lächelnd und rückte ihm einen Hokker zurecht. Malone sah sich um. Auch hier war Dorothy nicht zu sehen. Er sah viele Damen in dem Lokal, aber alle hatten einen Begleiter. Ein paar hatten sogar zwei Begleiter, und Malone fragte sich, ob er vielleicht schon doppelt sähe.

Vorsichtshalber blickte er in den Spiegel hinter der Bar — Gott sei Dank! Sein Gesicht war nur einmal da!

Er betrachtete sich genauer: Für einen FBI-Agenten sah er schließlich gar nicht so übel aus! Er war ziemlich groß und dabei schlank, und häßlich war er auch nicht.

Also warum ließ ihn die Dame warten?

Er hörte Dorothys Stimme, bevor er sie sehen konnte. Aber

sie sprach nicht mit ihm.

»Hallo, Milty!« sagte sie fröhlich. »Wie geht's?«

Malone drehte sich auf dem Barhocker um, um sich diesen Milty näher zu betrachten. Es war der Empfangschef des Etablissements. Malone spürte Eifersucht in seinem Herzen. Was war schon dran an diesem kleinen Dicken?

Aber so waren diese Großstadtmädchen: Schmetterlinge! Flogen hierhin und dorthin, mal von diesem Mann, mal von jenem angezogen . . .

Malone schwamm der Kopf, die Tequilas hatten ihre Wirkung getan.

Es hatte einmal eine Zeit gegeben — sagte er sich melancholisch — da hatte er diese wunderschöne Frau mit dem Namen Dorothy näher gekannt . . . aber jetzt gehörte sie jemand anderem . . .

Er hätte weinen mögen, und er fühlte, wie ihm Tequila-Tränen in die Augen stiegen.

Dann hörte er sie plötzlich sagen:

»Oh, entschuldigen Sie mich, Milty — da sitzt er.«

Sie kam an die Bar und setzte sich neben Malone auf einen Hocker, als sei das die selbstverständlichste Sache der Welt.

»Hallo —« sagte sie fröhlich. »Haben Sie die Karten bekommen?«

Die Karten!

Malone erschrak.

Er hatte die ganze Zeit gefühlt, daß er etwas vergessen hatte.

»Klar habe ich die Karten«, sagte er. »Augenblick mal — ich muß mich nur noch mal erkundigen!«

»Erkundigen?«

»Ein Freund von mir«, improvisierte er, »bringt sie her!« Er lächelte Dorothy strahlend an und kletterte mühsam vom Hocker. Es gelang ihm, eine freie Zelle zu finden, und er war tief erleichtert, als er bei seinem Anruf im FBI-Büro feststellte, daß jener Kollege noch Dienst hatte . . .

»Die Karten!« sagte Malone drohend mit rauher Alkoholstimme, als der lange Dürre auf dem Schirm des Visiphons erschien.

»Was für Karten?«

»Die Karten für *The Hot Seat*! Haben Sie sie bekommen?«

»Ja«, sagte der Kollege mit säuerlicher Miene. »Bin durch die ganze Stadt gerast wegen der dämlichen Karten, bis ich zwei Plätze gekriegt habe. Können Sie sich eigentlich vorstellen, was das für eine Arbeit war? Ich möchte lieber . . .«

»Ich bin unendlich dankbar«, unterbrach ihn Malone mit schwerer Zunge. Der Mann sah aus, als habe sich sein Magenleiden verschlechtert — ob das von der Jagd nach den Karten kam? »Wo kann ich die Karten abholen?«

»An der Kasse!« rief der Kollege grimmig. »Und kommen Sie mir nicht wieder mit so einem Blödsinn!«

»Tausend Dank«, sagte Malone fröhlich. »Lassen Sie mich wissen, wenn ich Ihnen mal einen Gefallen tun kann.« Er hängte ein.

»Na?« fragte Dorothy skeptisch, als er zurückkam. »Wohin gehen wir? Warme Würstchen essen? Oder ins Kino?«

Malone holte tief Luft. Stolzgeschwellt wie ein Torero sagte er lässig: »Wir sehen uns *The Hot Seat* an!«

Dorothys hellblaue Augen wurden ganz groß vor Bewunderung.

»Meine Güte!« sagte sie atemlos. »Sie haben Ihr Wort gehalten. Mr. Malone — ich gratuliere Ihnen!«

Malone winkte hoheitsvoll ab. »Kleinigkeit!«

»Kleinigkeit, sagt der Mann!« murmelte Dorothy. »Bescheiden ist er also auch noch. Würden Sie mir einen Drink bestellen?«

Er grinste sie an. »Einen? Sie können zwei haben, wenn Sie wollen . . . oder ein ganzes Dutzend!«

»Ich werde sie nacheinander trinken!« sagte sie lächelnd und winkte dem Barmixer: »Wally — geben Sie mir einen Martini. Und Mr. Malone . . .«

»Whisky Soda!« Malone fühlte sich pudelwohl, nur ganz ferne dachte er noch an Mike Fueyo und die Stummen Geister und an die roten Cadillacs. Entschlossen schob er den Gedanken beiseite. Jetzt wollte er feiern . . .

Er hob sein Glas: ». . . und nennen Sie mich nicht mehr Mister Malone, sondern Ken!«

»Okay«, sagte Dorothy, »und ich heiße Dorothy.«

»Und wie weiter . . .?«

»Francis«, sagte sie gehorsam. »Dorothy Francis.«

»Und womit beschäftigen Sie sich so tagsüber?«

»Die übliche Männerfrage«, sagte sie kopfschüttelnd. »Ich arbeite als Fotomodell. Und beim Fernsehen. Sollte ich Ihnen bekannt vorkommen, dann deswegen, weil Sie mich schon auf dem Bildschirm gesehen haben . . .«

»Ich sehe nie fern.«

»Sie scheinen einen ausgezeichneten Geschmack zu haben!«

»Keine Zeit«, sagte Malone, »ich habe keine Zeit fürs Fernsehen . . .«

Dorothy lächelte ihn an. »Sie brauchen sich nicht zu entschuldigen — ich bin auch nur dabei, weil ich damit mein Geld zum Leben verdiene. Und was tun Sie den ganzen Tag? Jagen Sie ausländische Spione?«

»Ich werde die internsten Geheimnisse des FBI vor Ihnen ausbreiten«, sagte Malone grinsend, aber er hatte das Gefühl, daß ihm das Gespräch durch den Akohol der Kontrolle entglitt.

». . . habe ich Ihnen überhaupt schon gesagt, daß Sie die schönste Frau sind, die ich je gesehen habe?«

»Bis jetzt noch nicht! Aber ich habe das erwartet. Männer sagen immer so etwas.«

»Ja?«

»Außerdem haben Sie Alkohol getrunken — mir scheint, Sie sind mir um ein paar Gläser voraus?«

Malone ließ den Kopf hängen.

»Sie haben recht«, sagte er schuldbewußt, »es ist leider wahr — nur zu wahr!«

Dorothy nickte, kippte ihren Martini hinunter und winkte dem Barmixer: »Wally — bringen Sie mir einen doppelten!«

Der Mixer starrte sie ungläubig an.

»Na, los!« sagte Dorothy, »ich muß diesen Mister Malone hier einholen . . .«

Malone saß schweigend auf seinem Hocker und grübelte offensichtlich über ein schwieriges Problem nach. Schließlich sagte er mit schwerer Zunge:

»Wenn Sie mich wirklich einholen wollen, bestellen Sie sich besser einen dreifachen . . .«

»Wie bitte?« Dorothy zog die Augenbrauen hoch. »Warum?«

»Weil ich mir jetzt auch noch einen bestelle . . .«

7

Durch ein breites Fenster im 10. Stock des Hotel New Yorker fiel ein gleißender Sonnenstrahl. Er wanderte langsam über die Möbel und erreichte gegen Mittag das Gesicht eines Schläfers.

Das Gesicht verzog sich zu einer Grimasse, und es war offensichtlich, daß dem Schläfer die Helligkeit höchst unwillkommen war. Er drehte sich um und suchte Deckung unter dem Kopfkissen, aber diese Bewegung weckte ihn auf — und er wollte um alles in der Welt weiterschlafen.

Jetzt brannte die Sonne auf seinen Hinterkopf. Langsam wurde er sich bewußt, daß er nicht mehr einschlafen konnte, und so versuchte er mühsam, sich zu erheben.

Es war ein qualvoller Prozeß, aber schließlich gelang es ihm. Malone hatte einen Riesenkater und erinnerte sich nur noch dunkel an den gestrigen Abend. Es war ein wundervoller Abend gewesen . . .

Das Theater, danach die Getränke — immer wieder Getränke . . . bis um vier Uhr dreißig morgens, als er auf einer weichen weißen Wolke, fröhliche Lieder singend und glücklich, ins Hotel zurückgeschwebt kam . . .

Er entsann sich auch noch deutlich eines Zwischenfalls: Als er Dorothy unbedingt nach Hause bringen wollte, hatte sie sich seinen Bemühungen ganz einfach durch die Flucht in die U-Bahn entzogen.

Er sah auf die Armbanduhr. Elf Uhr.

Er setzte sich vor das Visiphon.

Zuerst wählte er Fernacks Nummer.

Der Polizeichef erschien sofort auf dem Bildschirm.

Malone zwang sich zu einem fröhlichen Lächeln.

»Hallo — Mr. Fernack, wie geht's Ihnen heute morgen?«

»Mir?« erwiderte Fernack mit sauertöpfischer Miene. »Schlecht! Malone — woher wußten Sie . . .«

»Haben Sie Neuigkeiten für mich?«

Fernack zögerte lange, und als er endlich antwortete, war seine Stimme gefährlich leise und sanft:

»Malone«, sagte er, »als Sie mich um diese Überprüfung baten, welches Ergebnis erwarteten Sie da?«

»Eine Unmenge sogenannter unmöglicher Verbrechen!« erwiderte Malone offen.

»Sie haben sich nicht getäuscht, Malone. Woher konnten Sie das wissen?«

Malone zwinkerte. »Wir vom FBI haben unsere Quellen. Vertraulich. Streng geheim. Sie verstehen! Wie war das Ergebnis?«

»Einfach toll«, sagte Fernack erschüttert. »Nach den Berechnungen des Computers haben bestimmte Verbrechen vor etwa acht Monaten unheimlich zugenommen ... und sie haben seitdem nicht aufgehört.«

»Wunderbar!«

Fernack starrte ihn an. »Wie bitte?«

»Ich meinte — das deckt sich mit meiner Annahme.«

Wieder zögerte Fernack.

»Malone — ich weiß, Sie gehören zum FBI. Aber die Geschichte kommt mir sehr merkwürdig vor. Wenn ich herauskriege, daß Sie etwas damit zu tun haben ...«

»Ich?«

»Schauen Sie nicht so unschuldig drein, Malone. Ich weiß zwar nicht, wie die Anhäufung dieser Verbrechen mit Ihnen zusammenhängt, aber wenn ich das herauskriege, bringe ich Sie hinter schwedische Gardinen!«

»Mr. Fernack«, sagte Malone flehend, »nun erzählen Sie mir erst einmal, welche Verbrechen so zugenommen haben!«

»Diebstähle«, erwiderte Fernack, »und ich habe Sie im Verdacht, daß Sie das besser wissen als ich. Meistens Einbrüche in Restaurants und Bars — vermutlich in den frühen Morgenstunden. Keinerlei Anzeichen dafür, daß Schlösser aufgebrochen wurden — die Alarmanlagen wurden ebenfalls nie ausgelöst! Aber die Kassen wurden geplündert, und meist ist auch der ganze Vorrat an Flaschen geklaut worden ...«

»Der ganze Alkohol?«

»... jedenfalls alle Flaschen, die im Restaurant herumstanden, außer den angebrochenen. Verschwunden. Spurlos. Und ebenso die Lagerbestände aus dem Keller und aus den Regalen!«

»Das muß eine Menge Schnaps sein ...« sagte Malone sehnsüchtig.

»Ja. Einige Etablissements, die nicht gegen Einbruchdiebstahl versichert waren, sind bankrott gegangen . . .«

Malone kam ein Gedanke.

»Sie meinen, es sind immer nur Bars und Restaurants beraubt worden?«

»Aber nein — auch Warenhäuser, Privatvillen, Wäschereien und Schneiderwerkstätten. Juweliere — alles, was Sie wollen . . «

Malone wollte sich zurückhalten, aber er konnte der Versuchung nicht wiederstehen, Fernack zu reizen.

»Wunderbar«, sagte er mit maliziösem Lächeln, »und jetzt werde ich Ihnen aufzählen, wo nicht eingebrochen worden ist: Banken, Privatsafes . . .«

»Malone!« rief Fernack erregt. »Woher . . .?«

». . . kurzum: überall dort nicht, wo die Wertgegenstände in einem Raum eingeschlossen sind, der zu klein ist, als daß ein Mensch aufrecht darin stehen könnte . . .«

Fernack öffnete verblüfft den Mund und schloß ihn sofort wieder. Hastig blätterte er die vor ihm liegenden Seiten des Untersuchungsberichts durch. Malone wartete darauf, daß der Polizeichef explodierte, aber Fernack sagte nur:

»Wissen Sie, Malone, Sie erinnern mich an einen alten Freund . . .«

»So?«

»Ja. Da ist nur ein kleiner Unterschied: Sie sind vom FBI — und er ist ein Gauner, ein Schwindler!«

»Und worin ähneln wir uns?« fragte Malone seelenruhig.

»Ihr habt alle beide immer eine Antwort auf alles parat. Ihr habt Erklärungen für die seltsamsten Dinge. Dinge, für die es normalerweise keine Erklärungen gibt. Und —« Fernacks Gesicht war tiefrot vor Wut, »es macht mich ganz krank, daß Sie immer recht haben«, sagte er verzweifelt. »Malone, woher wußten Sie das alles?«

Malone wartete vergnügt, während Fernacks Gesicht auf dem Schirm immer stärker rot anlief. Als ihm das Rot kräftig genug schien, sagte er:

»Ich bin Hellseher! Und vielen Dank, Mr. Fernack. Schicken Sie die Berichte an mich persönlich: 69ste Straße, durch Kurier. Auf Wiedersehen!«

Dann schaltete er ab, bevor Fernack den Mund aufmachen konnte.

Malone wählte eine andere Nummer.

Die Privatnummer von Lynch.

Als Lynch endlich auf dem Bildschirm auftauchte, sah er nicht wie ein Polizeileutnant aus: Er war unrasiert, ungekämmt, und seine Augen waren gerötet, als habe er zuwenig geschlafen.

»Hallo, Malone«, sagte er mit erzwungener Fröhlichkeit, »altes Haus, alter Junge, mein lieber Freund! Wie geht es Ihnen?«

»Was ist mit Ihnen los, Lynch?«

»Nichts. Ich danke Ihnen, daß Sie mich gestern nacht nicht geweckt haben. Ich habe nur bis Mitternacht auf Ihren Anruf gewartet. Dann fiel mir ein, daß ich ja nur ein kleines Licht für Sie bin und daß Sie wichtigere Dinge im Kopf haben, als den armen kleinen Lynch von der New Yorker Polizei . . .«

Malone grinste und dachte an Dorothy.

»Sie haben recht . . .«

»Dachte ich mir. Und so beschloß ich, zu warten, bis Sie die Gnade hätten, mich zu wecken!«

»Hören Sie, Lynch — wir hatten doch gewettet. Zehn zu eins. Ich will nur wissen, ob ich gewonnen habe.«

»Sie haben gewonnen«, sagte Lynch niedergeschlagen. »Die Jungen sind alle weg!«

Malone wäre es lieber gewesen, er hätte die zehn Dollar bezahlen müssen und die Jungen wären noch zu Hause, aber man mußte sich mit den Tatsachen abfinden.

»Ich bin die ganze Nacht hinter ihnen hergewesen«, fuhr Lynch nüchtern fort, »aber ohne jeden Erfolg! Malone — woher haben Sie das gewußt?«

»Streng geheim!« sagte Malone. »Steht es fest, daß sie alle fort sind?«

Jetzt wurde auch Lynchs Gesicht dunkelrot. »Alle. Was verlangen Sie noch von mir? Soll ich sie Ihnen wieder zurückholen?« Er beherrschte sich mühsam. »Übrigens möchte Sie jemand sprechen!«

»Einer von den Stummen Geistern?« fragte Malone voller Hoffnung.

Lynch schüttelte den Kopf und schnaubte wütend durch die Nase. »Unsinn. Ein Jugendpfleger. Aber er will nur mit Ihnen sprechen — mir sagt er nicht . . .«

»Jugendpfleger? Kennt er die Jungen?«

»Ja. Angeblich. Er heißt Kettelmann. Albert Kettelmann.«

»Okay, Lynch. Ich bin sofort bei Ihnen!«

»He — warten Sie, Malone! Glauben Sie vielleicht, meine Privatwohnung ist ein Wartesaal?«

»Entschuldigung«, sagte Malone zerknirscht. »Also wann und wo?«

»Um fünfzehn Uhr auf dem Revier! Ich lasse ihn dann holen, und Sie können ihn ausfragen.« Er machte eine Pause, dann fuhr er mit beleidigtem Gesicht fort: »Kein Mensch mag uns Polizisten. Sobald die Leute hören, daß das FBI mit der Sache zu tun hat, glauben Sie, die New Yorker Polizei bestehe aus lauter Weihnachtsmännern . . .«

»Das tut mir leid, Lynch.«

»Gerade Ihnen!« sagte Lynch vorwurfsvoll.

Malone zuckte die Achseln. »Also dann um drei. Wiedersehen!« Er schaltete ab.

Nachdenklich blieb Malone vor dem abgeschalteten Visiphon sitzen. Sein Kopf tat ihm weh, aber es machte ihm nichts mehr aus: Seine Theorie hatte sich als richtig erwiesen — die Stummen Geister waren alle Teleports!

Das hieß: Acht Jungens taten, was sie wollten — stahlen alles, was ihnen unter die Finger kam, ohne daß jemand sie daran hindern konnte.

Wie konnte man einen Jungen fassen, der sich in Nichts auflöste, sobald man in seine Nähe kam? Kein Wunder, daß ihre Namen nie in den Polizeiberichten auftauchten.

Die Stummen Geister kamen nie in Schwierigkeiten.

Sie hatten das nicht nötig . . .

Sie konnten sich an jeden Ort versetzen, der ihnen beliebte, stehlen, was sie wollten, und dann einfach verschwinden.

Und das hatten sie — laut Fernacks Statistik — seit acht Monaten getan. Es war möglich, daß sich diese Fähigkeit erst von einem bestimmten Alter ab entwickelte, nicht bevor ein Mensch vierzehn oder fünfzehn Jahre alt war; aber diese Jungen hatten sie jedenfalls und nutzten sie aus.

Es war daher kein Wunder, daß die Jungen so viel Geld hatten.

Niemand konnte etwas dagegen tun.

Malone erhob sich verwirrt und verließ wenige Minuten später das Hotel.

8

Als die Zeit zur Unterredung mit Kettelmann herangekommen war, hatte Malone bereits wieder etliche Stunden ermüdender Routinearbeit hinter sich.

Auch beim FBI verbrachte man fünfundneunzig Prozent seiner Zeit mit Warten, dachte Malone, obwohl einem das niemand glaubte.

Er war zu Leibowitz & Hardin hinausgefahren, hatte sich die Demontage angesehen und die Berichte der Firma überflogen.

Dr. Leibowitz hatte in den beschlagnahmten Cadillacs alles Mögliche gefunden, Revolver, Rauschgift und sogar ein leichtes Maschinengewehr.

Alles mögliche — aber nichts, was einem Miniatur-Elektronengehirn oder einer Fernsteuerungsanlage auch nur im geringsten ähnelte. Der Leibowitz hatte so ziemlich alles gefunden — außer der Sache, die er suchte.

Kurz vor fünfzehn Uhr gab Malone auf.

Zwar war die Untersuchung der Cadillacs noch nicht ganz beendet, aber er hatte genug gesehen: Sie würden dort nichts finden.

Er rief ein Taxi und ließ sich zu Lynchs Revier fahren.

Der Jugendpfleger war ein großer Mensch, dessen Haar sich bereits zu lichten begann. Er hatte ein breites Gesicht, das zu der mächtigen Figur des Menschen paßte. Seine Augen hinter den dicken Gläsern der schwarzen Hornbrille waren ausdruckslos.

Lynch stellte ihn vor und begleitete sie zu einem der kleinen Räume in den hinteren Gängen, wo sonst die Verhöre stattfanden.

»Mr. Malone«, sagte Kettelmann, als sie sich gesetzt hatten, »ich habe gehört, daß das FBI sich für eine der ... äh ... Jugendgruppen interessiert, mit denen ich arbeite.«

»Richtig. Die Stummen Geister.«

»Die Geister«, sagte Kettelmann und rutschte unruhig auf seinem Stuhl herum. »Ja. Ich wollte schon immer mit jemandem darüber sprechen — und Sie scheinen mir genau der richtige Mann dafür zu sein!«

»Mich interessiert alles, was Sie zu sagen haben«, meinte Malone diplomatisch. Er begann daran zu zweifeln, daß Kettelmann wirklich etwas wußte, aber man konnte nie wissen. So lehnte er sich zurück und versuchte, möglichst interessiert auszusehen.

»Die anderen Jungen aus der Gegend hier finden diese Gruppe ebenfalls seltsam. Nicht nur, daß die Geister nie Alkohol trinken wie die anderen Halbstarken . . . vielleicht erzähle ich Ihnen besser zuerst, inwiefern ich mit diesen Jungen zu tun habe . . .«

»Wie Sie wollen«, sagte Malone und richtete sich auf einen langweiligen Monolog ein.

Er stellte sich den dicklichen Mann inmitten einer Bande von Halbstarken vor und mußte sich bemühen, ernst zu bleiben.

»Ich bin Jugendpfleger und arbeite auf individueller Basis mit diesen Gruppen. Ich versuche, Freundschaft mit ihnen zu schließen und ihre feindselige Einstellung zur übrigen Gesellschaft in annehmbar erträgliche Bahnen zu lenken . . .«

»Wunderbare Aufgabe«, sagte Malone, der das Gefühl hatte, Kettelmann erwarte ein lobendes Wort von ihm.

»Oh — wir Sozialfürsorger erwarten kein Lob«, sagte Kettelmann sofort. »Uns genügen die Früchte, die unsere Arbeit trägt . . .«

Malone verzog das Gesicht.

». . . und ich konnte mit diesen Jungen gute Erfolge erzielen, aber —«, er beugte sich vor und riß die Augen hinter den dicken Gläsern weit auf, »etwas stimmt nicht mit den Stummen Geistern!«

»Wirklich?« Malone gähnte.

»Alle anderen Jugendgruppen haben Angst vor ihnen!«

»Wahrscheinlich sind die Stummen Geister besonders kräftige Jungen und verhauen die anderen . . .«

»Im Gegenteil, die Geister sind im Durchschnitt ziemlich klein, daran kann es also nicht liegen . . .«

»Woran sonst?«

Kettelmann machte ein geheimnisvolles Gesicht: »Ich weiß nicht — ich habe auch nur Gerüchte gehört . . .«

»Menschenskind«, sagte Malone gelangweilt, »nun schießen Sie schon los!«

Kettelmann schluckte.

»Zauberer!« sagte er schüchtern. »Die anderen sagen, die Geister können zaubern, sie könnten sich unsichtbar machen. Ich glaube das natürlich nicht, aber —«

»Oh, das stimmt schon«, sagte Malone ungerührt. »Das weiß ich bereits . . .«

Kettelmann war ganz weiß im Gesicht.

»Meine Güte!« sagte er zitternd. »Es ist also wirklich wahr. Ist das nicht furchtbar?«

»Da haben Sie recht«, erwiderte Malone nüchtern.

Kettelmann schwieg erschüttert.

Malone bot ihm eine Zigarette an, aber Kettelmann lehnte mit furchtsamem Lächeln ab. Schließlich sagte er:

»Leutnant Lynch hat mir befohlen, Ihnen alles zu erzählen, was ich über diese Jungen weiß . . .«

»Das müssen Sie auch.«

»Da ist noch etwas . . . normalerweise würde ich das niemandem erzählen, um das Vertrauen der Jungen nicht zu mißbrauchen. Wir würden sie nie an die Polizei verraten, Mr. Malone, wenn es nicht wirklich nötig ist.«

»Verraten? Mr. Kettelmann, was wissen Sie?«

»Es dreht sich um ihren geheimen Treffpunkt!« sagte Kettelmann. »Aber ich weiß wirklich nicht, ob ich Ihnen das erzählen . . .«

»Hören Sie«, sagte Malone wütend, »wir wollen den Stummen Geistern ebenso wenig etwas antun wie Sie mit Ihrer Fürsorge. Und jetzt erzählen Sie gefälligst!«

»Es ist ein großes verlassenes Lagerhaus«, sagte Kettelmann eingeschüchtert. »Sie treffen sich heute nacht irgendwann dort, heißt es gerüchteweise . . .«

»Wo ist das Lagerhaus? Benutzen die anderen Gruppen es auch als Treffpunkt?«

»Nein, nein. Das ist ja das Seltsame. Dieses Lagerhaus ist völlig verlassen, aber es wird trotzdem ständig in Ordnung gehalten. Die Fenster sind gesichert, und das Haus ist mit einer Alarmanlage versehen, deshalb kann keiner außer den Stummen Geistern hinein. Ohne Schlüssel kann keiner dort hinein, wie sonst bei unbenutzten Lagerhäusern . . .«

»Haben die Geister —«

»Nein«, sagte Kettelmann leise. »Sie haben keinen Schlüssel. Wenigstens sagen die andern das. Sie gehen . . . direkt durch die Wände . . .«

»Mr. Kettelmann, wo liegt dieses Lagerhaus?«

»Ich darf Ihnen das nicht sagen.«

Malone seufzte. Das war ein schwieriger Fall.

»Bitte, Mr. Kettelmann, wir wollen ja nur das Beste für die Jungen!«

Kettelmann wand sich wie eine Schlange, während Malone gespannt auf seinem Stuhl saß. Schließlich platzte er heraus:

»Es liegt in der West Street nahe der Chambers Street!« Er gab Malone die genaue Lagebeschreibung.

»Noch etwas: Wissen Sie, wann sich die Geister für gewöhnlich dort treffen?«

»Keine Ahnung . . .«

Malone erhob sich.

»Mr. Kettelmann!« sagte er so feierlich wie möglich. »Nehmen Sie hiermit zur Kenntnis, daß das FBI zu schätzen weiß, was Sie getan haben. Ihre Information wird uns wahrscheinlich weiterhelfen, und Sie verdienen deswegen höchstes Lob von seiten der Öffentlichkeit!« Mühsam verkniff er sich ein Grinsen. »Im Namen des FBI: Ich danke Ihnen, Mr. Kettelmann!«

Kettelmann starrte ihn ehrfürchtig an, lächelte und schluckte.

»Meine Güte. Ja. Das war meine Pflicht. Danke.«

Malone öffnete ihm die Tür.

Kettelmann standen Tränen der Rührung in den Augen, als er hinausging.

Malone schnitt eine Grimasse, während er die Tür hinter dem Mann schloß.

Was man als FBI-Agent alles durchzumachen hatte!

Vorsichtig spähte er den Gang hinunter, um sich zu vergewissern, daß Kettelmann bereits fort war. Dann erst verließ er den Raum und ging zu Leutnant Lynch zurück.

Lynch tat, als bemerke er ihn nicht und versuchte den Anschein zu erwecken, als sei er die ganze Zeit über mit dem Stoß amtlicher Papiere beschäftigt gewesen, in denen er jetzt blätterte. Es war ein bißchen zu auffällig.

»Hallo, Leutnant!« sagte Malone.

Lynch sah hoch, gespielte Überraschung auf dem Gesicht.

»Ach, Sie sind's. Schon fertig mit Kettelmann?«

»Ja. Als ob Sie das nicht wüßten!« Er sah den Polizeioffizier scharf an. »Leutnant . . .«

Lynch hatte sich bereits wieder seinen Akten zugewandt, als sei er ungeheuer beschäftigt.

»Ja?«

»Wie weit kann man diesem Kettelmann Glauben schenken?«

Lynch zuckte die Achseln. »Mit den Jungen hat er sich immer gut verstanden, wenn Sie das meinen. Sie kennen ja diese Sozialfürsorger — ich habe nie viel aus ihm herauskriegen können. Er hält es für seine Pflicht gegenüber den Jungen, zu schweigen . . . Warum fragen Sie?«

»Ich meinte, was er mir da erzählt hat: Wollte er mich zum Narren halten? Oder stimmt es, was er mir erzählt hat?«

»Woher soll ich das wissen?« fragte Lynch mit gesenktem Blick. »Ich war ja nicht dabei, als Sie ihn verhörten. Sie müßten mir erst mal erzählen, was er gesagt hat . . .«

Malone stützte beide Fäuste auf den Schreibtisch und brachte dabei Lynchs Papiere rücksichtslos durcheinander. Er sah den Polizisten scharf an.

»Hören Sie mal, Lynch — ich mag Sie ganz gern. Wirklich. Sie sind ein guter Polizist — Sie verstehen Ihr Handwerk . . .«

»Schönen Dank! Aber was hat das mit Kettelmann zu tun?«

». . . es gefällt mir nur nicht, wenn Sie mich für dumm verkaufen wollen!«

Lynch starrte ihn an und bekam einen roten Kopf.

»Ich weiß doch genau, daß Sie unser Gespräch mitgehört haben. Sie hatten natürlich ein Mikrofon in dem Raum installiert und haben eine Bandaufnahme gemacht . . .«

»Warum hätte ich das tun sollen?«

»Hören Sie auf«, sagte Malone ungeduldig. »Ich hätte das genauso gemacht!«

»Okay«, sagte Lynch schließlich mürrisch, »also ich habe Ihre Unterredung mit Kettelmann abgehört. Melden Sie mich, wenn Sie wollen! Ich habe FBI-Geheimnisse gestohlen! Ich bin ein Spion, der für eine ausländische Macht arbeitet! Bringen Sie mich auf den elektrischen Stuhl . . .«

»Ich werde Sie nicht melden!« erwiderte Malone. »Wenn Sie eine Bandaufnahme gemacht haben, dann ist das Ihre Angelegenheit.«

»Meine Angelegenheit?«

»Ja!« sagte Malone lächelnd, »solange Sie nichts unternehmen. Diese ganze Affäre ist sehr heikel, und wir müssen vorsichtig vorgehen wegen der Öffentlichkeit. Ich will vermeiden, daß Sie mit Ihren Überfallwagen durch die Gegend rasen, um die Jungen zu fangen!«

»Malone, ich . . .«

»Zufälligerweise brauche ich Ihre Mithilfe für diesen Fall — später. Im Augenblick aber will ich allein vorgehen«, er blickte Lynch scharf an. »Ungestört!«

»Ich hätte sowieso nicht . . .«

»Sie haben gelauscht«, sagte Malone hart, »und ich habe Ihnen gesagt, es ist mir egal — aber wenn Sie auf eigene Faust losgehen, Lynch, dann sorge ich dafür, daß Sie wieder einfacher Streifenpolizist werden!« Er grinste Lynch an. »Sie wissen ja sicher noch, wie unangenehm das bei Schnee und Regen sein kann!«

»Malone«, begann Lynch müde.

»Streiten Sie nicht mit mir«, sagte Malone knapp. »Ich habe genug Sorgen!«

»Ich will ja nicht mit Ihnen streiten«, erwiderte Lynch verzweifelt, »ich will Ihnen ja nur was erzählen . . .«

Er holte tief Atem.

»Ich will Ihre Pläne nicht durchkreuzen: Wenn ich die Jungen in jenem Lagerhaus festnehmen wollte, müßte ich erst das zuständige Revier alarmieren, dann vom Hauptquartier ein Überfallkommando anfordern . . . glauben Sie wirklich, ich würde solch eine Aktion starten, ohne zu wissen, ob sie auch erfolgreich ist?«

Natürlich hatte Lynch recht. Daran hatte Malone nicht gedacht. Er hatte dem Polizeioffizier Unrecht getan.

»Wenn diese Jungen sich wirklich unsichtbar machen können, wäre ich ein Dummkopf, wenn ich sie festnehmen wollte, ohne vorher zu wissen, daß mir das auch gelingt . . . die ganze Sache gefällt mir nicht!« Lynch schüttelte den Kopf.

Malone nickte.

»Sie gefällt keinem, glauben Sie mir. Aber tun Sie mir den Gefallen und sprechen Sie mit keinem Menschen darüber. Und schönen Dank für Ihre Mitarbeit!«

»Schon gut, Malone — wenn Sie mich brauchen, rufen Sie . . .«

»Darauf können Sie sich verlassen. Ich werde so laut rufen, daß man mich noch im Blauen Palais hört, wenn es so weit ist . . .«

9

Der Nachmittag war warm und sonnig, aber das paßte nicht zu Malones Stimmung.

Als er das Revier verlassen hatte, hielt er ein Taxi an und ließ sich zur 69sten Straße fahren.

Dort rief er sofort Burris in Washington an.

Er gab dem Chef einen kompletten Bericht über alles, was bisher geschehen war, und er hielt auch mit seiner Theorie nicht zurück.

». . . und dann dieses Notizbuch«, sagte er und griff in die Tasche.

Die Tasche war leer.

»Welches Notizbuch?« fragte Burris gespannt.

Malone versuchte, sich zu erinnern, ob er das Büchlein in seinem Hotelzimmer gelassen hatte oder nicht. Er wußte es nicht mehr. »Dieses Buch, das gefunden worden ist«, sagte er und beschrieb es Burris. »Ich schicke es Ihnen, oder ich bringe es mit, wenn der Fall gelöst ist.«

»In Ordnung.«

Malone fuhr mit seinem Bericht fort.

Als er fertig war, gab Burris einen tiefen Seufzer von sich.

»Meine Güte«, sagte er schwer, »im letzten Jahr hatten wir es mit Spionen zu tun, die Gedankenlesen konnten, und in diesem Jahr sind es Diebe, die gleichzeitig Teleports sind. Malone, ich mag gar nicht an das nächste Jahr denken . . .«

»Ich wünschte«, erwiderte Malone, »Sie hätten das nicht gesagt!«

»Wieso?« fragte Burris verwundert.

90

»Weil«, sagte Malone traurig, »ich bis jetzt nicht auf diese Idee gekommen bin, aber jetzt werde ich immer an nächstes Jahr denken müssen . . .«

»Na«, sagte Burris tröstend, »vielleicht wird es ein ruhiges Jahr . . .«

Malone schüttelte den Kopf. »Nein, Chief, Sie irren sich, es wird noch schlimmer werden!«

»Dieser Fall hier ist schlimm genug . . .«

Malone hatte ihn in der Falle. Er grinste seinen Chef vorwurfsvoll an:

»So? Sie sagten doch, der Fall ist eine reine Erholung?«

Burris schnaubte nervös. »Bitte, Malone, wußte ich denn vorher . . .?«

»Klar!« sagte Malone erbarmungslos.

Burris schloß die Augen. »Sie haben recht, Malone«, erwiderte er nach einer kurzen Pause, »ich habe gewußt, was Ihnen bevorsteht, aber Sie sind mein bester Mann! Also nun zurück zu Ihrem Bericht. Damit ist die Affäre der roten Cadillacs geklärt. Sergeant Jukovsky wurde von einem Jungen niedergeschlagen, der sich in Nichts auflöste.«

»Ich wurde auch von einem Jungen niedergeschlagen, der sich in Nichts auflöste«, sagte Malone bitter, »aber ich bin ja bloß ein FBI-Agent. Mir schadet das ja nicht, ich bin ja von meinem Chief in Erholung geschickt worden . . .«

»Jungen, die einfach verschwinden«, murmelte Burris nachdenklich vor sich hin. »Was werden Sie tun, Malone?«

»Ich hatte gehofft, Sie könnten mir das sagen . . .«

»Ich?«

»Na ja, Ihr Gehalt ist doch bedeutend höher als meins. Aber ich habe eine Bitte an Sie, Chief —«

»Was Sie wollen, mein Bester! Außer Gehaltserhöhung!«

»Nehmen Sie Verbindung mit Dr. O'Connor in Yucca Flats auf, wenn Sie können. Er ist der beste Experte für Psionik, den es in Amerika gibt, und wahrscheinlich werde ich ihn brauchen.«

»Wenn Sie wünschen . . .«

»Diese Jungen sind Teleports, und vielleicht weiß er einen Ausweg, wie man ihre ungewöhnliche Kraft unschädlich machen kann. Er ist wahrscheinlich der einzige Mensch in Amerika, der uns erklären kann, was Teleportation überhaupt ist und wie sie zustande kommt!«

»Ich werde dafür sorgen, daß er Sie anruft.«

»Danke, Chief.«

Als Burris die Verbindung unterbrochen hatte, dachte Malone zuerst an das kleine Notizbuch.

In seinen Taschen war es nicht. Er durchsuchte seinen Anzug, aber ohne Erfolg.

Hatte er es im Hotel gelassen?

Ganz bestimmt nicht. Er hatte es noch nie aus seiner Anzugtasche genommen, wie zum Beispiel seine Schlüssel oder sein Portemonnaie.

Wann hatte er eigentlich das Notizbuch zum letztenmal gesehen?

Er hatte es Leutnant Lynch gezeigt und wieder eingesteckt ...

Also konnte er es höchstens noch in einer der Bars verloren haben, die er danach besucht hatte, oder im Theater oder auch im Topp's.

Malone machte sich auf die Suche.

Am wahrscheinlichsten war, daß es ihm im Theater bei dem allgemeinen Gedränge abhanden gekommen war. Also würde er es dort zuerst versuchen.

Das Theater war geschlossen.

Er trommelte gegen die verrammelten Türen, fand schließlich einen Nebeneingang und sah sich im Halbdunkel der verlassenen Bühne einem alten, grauhaarigen Hausmeister gegenüber, der mit einem zerfledderten Besen die Bretter fegte, die die Welt bedeuten.

»Ich suche nach einem Notizbuch«, sagte Malone.

»Da müssen Sie in ein Schreibwarengeschäft gehen, junger Mann!« sagte der Alte ungerührt, ohne seine Tätigkeit zu unterbrechen.

»Sie haben mich nicht verstanden ...«

»Das ist das Schöne an dieser Arbeit«, sagte der alte Mann seelenruhig, »daß ich nichts zu verstehen brauche. Ich brauche hier nur auszufegen, aber verstehen brauche ich nichts!« Er fegte weiter.

»Ich suche ein Notizbuch, das ich gestern hier verloren habe!« entgegnete Malone verzweifelt.

»Fundsache? Das ist was anderes. Kommen Sie mit!«

Schweigend führte ihn der alte Mann lange Gänge entlang bis zu einem kleinen Zimmer. Dort entnahm er einem alten Schreibtisch eine Art Kassenbuch und einen zerkauten Bleistift und fragte:

»Name?«

»Ich suche ein Notizbuch . . .« unterbrach ihn Malone wütend.

»Vorschrift!« Der Mann hielt den Stift hoch, als wolle er Malone erstechen. »Ihr Name, junger Mann?«

Malone seufzte: »Kenneth Malone. Meine Adresse ist Hotel New Yorker, Manhattan.«

»Tourist? Komisch — die Touristen verlieren hier immer was. Einmal war es ein großer Hund. Mir ist heute noch nicht klar, wie der ins Theater gekommen ist. Ein ekelhafter Köter — eine Kreuzung aus Bluthund und Spaniel . . .«

». . . das ist unmöglich!« gelang es Malone einzuwerfen.

»Beim Theater ist nichts unmöglich«, sagte der alte Mann überzeugt. »Es war eine Kreuzung aus Bluthund und Spaniel. Und dann . . .«

»Was ist nun mit dem Notizbuch?« unterbrach ihn Malone.

»Was für ein Notizbuch?«

»Ich habe hier ein Notizbuch verloren«, wiederholte Malone geduldig.

»Beschreibung?«

Malone stöhnte auf. »Schwarzer Plastikeinband. Etwa so groß —«, er zeigte es mit beiden Händen. »Auf der ersten Seite steht mein Name, darunter der Name Peter Lynch —«

»Wer ist das?«

»Ein Polizist.«

»Sind Sie etwa auch von der Polizei?«

Malone schüttelte den Kopf.

»Schade«, sagte der alte Mann bedauernd. »Ich mag Polizisten gern.« Er stand auf. »Schwarzer Plastikeinband?«

»Ja. Ist es hier?«

Der alte Mann schüttelte verwundert den Kopf. »Nein, junger Mann. Wir haben alles mögliche hier gefunden, Brieftaschen, drei Hüte, sechs Schirme — aber kein Notizbuch . . .«

»Moment mal, zum Donnerwetter!« Malone unterdrückte mit Mühe einen Wutausbruch.

»Was ist denn, junger Mann?« sagte der Alte. »Ich habe wenig

Zeit. Muß fegen und aufräumen — ich habe nicht so viel Zeit wie Sie als Tourist.«

Malone konnte sich kaum noch beherrschen. »Warum haben Sie mich das Notizbuch beschreiben lassen, wenn gar keins gefunden wurde?«

»Ich habe meine Vorschriften. Und daran halte ich mich«, sagte der Mann fröhlich. »Ich wünschte, Sie wären ein Polizist«, fügte er nachdenklich hinzu. »Ich mag Polizisten gern — sie verlieren niemals etwas . . .«

Malone verließ schnell das Theater.

Topp's Restaurant wollte er sich bis zuletzt aufheben — deshalb durchstreifte er erst einmal die Bars, in denen er vorher gewesen war.

Im *Ad Lib* hatte er ebenfalls keinen Erfolg, seit sechs Wochen hatten sie dort kein Notizbuch mehr gefunden.

Er ging zum *Xochitl* in der 46sten Straße.

»Ah!«, rief der Barmixer erfreut, als Malone das mexikanische Lokal betrat. »Da sind Sie ja! Wir haben schon darauf gewartet, daß Sie wiederkommen würden!«

»Wunderbar! Sie haben also mein Notizbuch gefunden?«

»Notizbuch?«

Malone war bereits so nervös, daß er mit den Händen sprach: ». . . so groß. Ein kleines schwarzes Buch mit Plastikeinband.«

»Wir haben nichts gefunden, Mister.«

»Aber Sie sagten doch, Sie hätten darauf gewartet, daß ich wiederkäme . . .?« Malone hatte das Gefühl, es mit lauter Idioten zu tun zu haben.

»Das sagen wir zu jedem Gast, der unser Lokal betritt«, sagte der Mexikaner fröhlich. »Damit sich der Gast bei uns gleich wie zu Hause fühlt! Wie heißen Sie, Mister?«

»Ich bin der Kaiser von China!« röchelte Malone, blaß vor Wut, und machte auf dem Absatz kehrt.

Das Notizbuch mußte bei Topp's liegengeblieben sein. Es war die letzte Möglichkeit.

Er versuchte, sich an den Namen des Barkeepers zu erinnern, während er das Restaurant betrat, und es gelang ihm im letzten Augenblick, als er an die Bar trat.

»Hallo, Wally!« sagte er erleichtert.

Der Barkeeper starrte ihn an.

»Ich bin nicht Wally«, sagte er mürrisch, »Wally hat Nacht-schicht. Ich heiße Ray!«

»Oh«, Malone war deprimiert. »Entschuldigung! Ich komme wegen eines Notizbuches.«

»Ja, Sir?«

»Ich habe gestern abend hier mein Notizbuch verloren. Zwi-schen sechs und acht Uhr. Wenn Sie bitte mal nachsehen wür-den . . .?« Malone war mutlos geworden und daher schüchtern.

»Augenblick, Sir«, sagte Ray würdevoll und holte den Empfangschef, einen kleinen dicken Herrn mit einem Menjou-bärtchen.

Erneut mußte Malone lange Erklärungen abgeben, bevor er erfuhr, daß kein Notizbuch gefunden worden war.

»Es muß hier sein!« sagte Malone stur. Diesmal würde er sich nicht abweisen lassen.

»Es ist nicht hier!« entgegnete der Dicke mit gleicher Festig-keit. »Vielleicht haben Sie es woanders verloren!«

»Nein! Ich war schon überall.«

»New York ist groß«, sagte der Dicke philosophisch und ließ ihn stehen.

Malone blieb nichts weiter übrig, als sich bei Ray einen dop-pelten Whisky zu bestellen.

Hatte er das Notizbuch doch auf der Straße verloren? Es war zwar möglich, aber so unwahrscheinlich, daß Malone nach einer anderen Erklärung für seinen Verlust suchte.

Hatte vielleicht Dorothy das Buch?

Er zählte die verschiedenen Möglichkeiten an den Fingern ab.

Es konnte ihm aus der Tasche gerutscht sein, und Dorothy mochte es aufgehoben haben. Aber dann hätte sie es ihm sofort zurückgegeben.

Aber wenn sie es wollte, hätte sie es ihm leicht aus der Tasche ziehen können — unbemerkt. Aber warum? Was sollte Doro-thy mit seinem Notizbuch anfangen?

Woher sollte sie überhaupt wissen, daß er jenes Büchlein be-saß?

Er wußte keine Antwort auf diese Fragen — es sei denn, Do-rothy stand mit den Stummen Geistern in Verbindung, aber Ma-lone konnte sich Dorothy beim besten Willen nicht als Stummen Geist vorstellen.

Vielleicht hatte Dorothy das Notizbuch gefunden und nur vergessen, es ihm wiederzugeben?

Oder sie war Kleptomanin?

Nein, sagte sich Malone, das bestimmt nicht . . .

Er wurde das Gefühl nicht los, daß Dorothy ihm das Notizbuch aus einem ganz bestimmten Grund, den er nicht kannte, weggenommen hatte.

Er würde sie sofort anrufen!

Hastig stürzte er seinen Whisky hinunter und stieg vom Barhocker.

Er war schon auf dem Weg zur Visiphonzelle, als ihn wie ein Schlag die Erkenntnis traf: Er hatte weder ihre Nummer noch ihre Adresse!

Er wußte nicht einmal, in welcher Gegend von New York sie wohnte . . .

Der einzige Anhaltspunkt war, daß sie ihr Zuhause mit der Untergrundbahn erreichen konnte, und das nützte ihm überhaupt nichts. Sie hatte ihm erzählt, sie wohne bei ihrer Tante — sicher stand nur der Name ihrer Tante im Visiphonbuch, und er wußte nicht, wie diese Tante hieß.

Aufgeregt eilte er in die Zelle und blätterte im New Yorker Verzeichnis unter ›Francis‹ nach. Es gab unwahrscheinlich viele Francis in New York, wie er feststellen mußte, und er sah schnell ein, daß es nutzlos war, auf diesem Wege mit Dorothy in Kontakt zu kommen . . .

Langsam und mutlos schlenderte er an die Bar zurück und schwang sich wieder auf den Hocker. Als er beim zweiten Whisky angelangt war, tippte ihm jemand von hinten auf die Schulter.

Es war der Dicke.

»Entschuldigen Sie«, sagte er, »sind Sie Engländer?«

Malone verschluckte sich fast vor Schreck.

»Wieso?« fragte er verblüfft, »nein — ich bin Ire.«

»Sehr gut!«

»Ja, schon — aber warum wollen Sie das wissen?«

»Ich dachte mir gleich, daß Sie kein Amerikaner sind — nach diesem Anruf. Sie brauchen Ihre Nationalität hier bei uns nicht zu verbergen. Wir sind ausländische Gäste gewöhnt, und wir nehmen ihnen auch nicht mehr Geld für die Getränke ab als den Einheimischen . . .«

96

Malone holte tief Luft.

»Wollen Sie mir jetzt bitte sagen, wovon Sie sprechen?«

»In Zelle 1 ist ein Anruf für Sie — ein Ferngespräch. Mit Voranmeldung!«

»Wer sollte schon wissen, daß ich hier sitze . . .« Er unterbrach sich und dachte scharf nach. Niemand konnte wissen, daß er hier war. Der Anruf konnte nicht für ihn sein. »Das muß ein Irrtum sein — der Anrufer muß sich im Namen geirrt haben!«

»O nein«, sagte der Dicke, »ich habe Ihren Namen genau verstanden. Sie sind doch Sir Kenneth Malone, nicht wahr?«

Malone blieb der Mund offenstehen, bis er sich von der Überraschung erholt hatte.

Sir Kenneth Malone!

Dann glitt er vom Hocker, raste zu der Zelle, schaltete das Mikrofon ein und sagte:

»Hier Sir Kenneth Malone!«

Er wartete geduldig auf eine Antwort, während er auf den leeren Visiphonschirm starrte. Dann sagte das Fräulein vom Amt:

»Ein Anruf für Sie aus Yucca Flats, Sir Kenneth. Soll ich verbinden?«

»Ja, bitte!« Seine Stimme war rauh.

Auf dem Schirm erschien ein Gesicht, und Malone wußte sofort, wie der Anrufer herausbekommen hatte, daß er im Topp's an der Bar gesessen hatte.

Das alte Frauengesicht auf dem Schirm strahlte Freundlichkeit und Autorität aus. Er kannte es nur zu gut. Ebenso die Kleider, die die Person trug: das Kostüm einer königlichen Hoheit — das Kostüm der lange verstorbenen Königin Elisabeth I.

Die alte Dame war also immer noch nicht von ihrem Wahn geheilt.

Wie all die anderen Telepathen, die das FBI im Verlauf des Falles des gedankenlesenden Spions aufgegabelt hatte, lebte auch diese alte Dame in einer Nervenheilanstalt. Und alle Methoden, die die Ärzte angewandt hatten, um sie zu heilen, waren fehlgeschlagen. Nichts hatte ihre Überzeugung erschüttern können, daß sie — Rose Thompson — die rechtmäßige englische Königin Elisabeth von England sei.

Sie hatte behauptet, unsterblich zu sein — das stimmte natürlich nicht. Sie hatte auch behauptet, Gedanken lesen zu können: Das stimmte nur zu gut!

Es war ein Glück für die Regierung gewesen, daß sie diese alte Dame gefunden hatten und mit ihrer Hilfe den gedankenlesenden Spion hatten festnehmen können. Und die amerikanische Regierung hatte sie dafür belohnt . . .

Sie bekam eine hohe Rente, die es ihr ermöglichte, ihre Träume bis zu einem gewissen Grad Wirklichkeit werden zu lassen, und die Regierung finanzierte außerdem ihre umfangreichen Räumlichkeiten, die sie verschwenderisch im viktorianischen Stil ausgestattet hatte. Die Ärzte hatten inzwischen längst aufgegeben, ihren Größenwahn zu kurieren, aber sie war wahrscheinlich die glücklichste Verrückte auf der ganzen Welt.

Malone starrte sie an.

»Mein Gott!« war alles, was er hervorbringen konnte.

»Aber nein, Sir Kenneth«, sagte die alte Dame würdevoll, »hier ist Ihre Königin!«

»Guten Abend, Majestät!« Als sie nicht antwortete, verbeugte er sich wie im Theater. »Ich bin tief geehrt, Majestät, daß Sie sich meiner erinnern. Womit kann ich Ihnen zu Diensten sein?«

»Aber nein«, antwortete die alte Dame, »ich brauche Ihre Dienste nicht, Sir Kenneth Malone — ich habe hier alles, was ich zum Leben brauche. Sie müssen bald einmal herkommen und meinen neuen Thron bewundern . . . aber ich sehe schon, daß Sie das nicht interessiert!«

»Doch, Majestät . . .« sagte Malone höflich, aber im gleichen Augenblick wurde ihm bewußt, daß es sinnlos war, die Queen anzulügen. Sie las in seinen Gedanken wie in einem offenen Buch. So hatte sie ihn auch hier aufgespürt — sie war einfach seinen Gedankenausstrahlungen nachgegangen, bis sie ihn gefunden hatte.

Aber warum?

»Ich werde Ihnen sagen, warum«, erwiderte die alte Dame sofort. »Ich mache mir Sorgen um Sie!«

»Um mich?«

»Ja, Sir Kenneth! Die letzten Stunden haben Sie an weiter nichts gedacht als an dieses dumme kleine Notizbuch. Was sind Sie doch für ein schlechter Detektiv! Haben Sie denn keinen gesunden Menschenverstand mehr?«

Es fiel Malone schwer, es sich einzugestehen, aber genau das hatte er seit jenem schweren Schlag auf den Kopf befürchtet: nämlich daß sein messerscharfer Verstand gelitten haben könnte.

Er hatte sowieso einen Minderwertigkeitskomplex. Sicher war es immer das Glück des Einfältigen gewesen, das ihm seine zahlreichen Erfolge beschert hatte, und nicht sein Können . . .

»Sir Kenneth«, fuhr die Queen fort, »Sie sollten sich schämen! Ist Ihnen immer noch nicht klar, was mit dem Notizbuch passiert ist?«

»Ich kann mir nur denken«, stammelte Malone verlegen, »daß vielleicht . . . Dorothy Francis das Buch genommen hat.«

»Genau das!« sagte die kleine alte Dame. »Ich wußte ja, daß Sie noch einen Rest von Intelligenz besitzen!«

»Aber was will sie damit? Wozu hat sie es mir gestohlen? Um sich die Bilder anzusehen?«

»Reden Sie keinen Unsinn, Sir Kenneth — der Inhalt interessiert sie überhaupt nicht.«

Malone schloß die Augen und seufzte.

»Okay. Ich gebe auf, Majestät! Sagen Sie es mir! Wozu braucht sie es? Gehört sie zu den Stummen Geistern? Sie wollen mir doch nicht etwa erzählen, sie sei mit Mike Fueyo befreundet?«

»Natürlich nicht — aber Sie sind schon auf dem richtigen Weg . . .«

Malone riß die Augen auf. War Dorothy etwa . . .

Es fiel ihm wie Schuppen von den Augen.

»Richtig!« sagte die Queen, während sie seine Gedanken las. »Sie ist Dorothy Francisca Fueyo — die Schwester des kleinen Mike Fueyo!«

10

»Sie — sie hat mir das Buch gestohlen, um ihren kleinen Bruder zu decken«, sagte Malone erschüttert. »Du meine Güte!«

»Richtig!«

». . . und sie liebt mich überhaupt nicht. Sie ist nur mit mir ausgegangen wegen des dämlichen Notizbuches.«

Die alte Dame zwinkerte belustigt.

»Im Gegenteil. Sie liebt Sie! Aber sie hat einen sehr ausge-
prägten Familiensinn — schließlich ist Mike ihr Bruder. Mike
hatte ihr erzählt, daß er sein Notizbuch verloren hatte — an jenem Abend, als er Sie niederschlug! Und als Sie ihn dann verhörten und ihn wegen der Stummen Geister befragten, wußte
er, daß Sie das Buch gefunden haben mußten . . .«

Die Queen machte eine kleine Kunstpause und fuhr dann fast
mütterlich fort:

»Daß er Ihnen eins über den Kopf gab, war eine Unverschämtheit, aber bedenken Sie, Sir Kenneth, daß Mike anson-
sten die Cadillacs nie beschädigt hat. Es machte ihm nur solchen Spaß, damit umherzufahren . . .«

»Also Mike ist derjenige, der so verrückt nach roten Cadillacs
ist?«

»Ja. Aber jetzt gehen Sie erst einmal zu Dorothy hinüber.
Natürlich lebt sie nicht bei einer Tante — das hat sie Ihnen nur
vorgelogen!«

»Ich weiß. Sie wohnt bei Mike und seiner Mutter!«

»Sie wird Ihnen das Buch geben, Sir Kenneth! Und seien Sie
nett zu ihr! Sie ist ein so nettes Mädchen, diese Dorothy . . .«

»Ein wunderbares Mädchen«, sagte Malone bitter. »Ich werde
sie übers Knie legen . . . Moment mal. Wie kommt es, daß Sie
Dorothys Gedanken lesen können? Ich denke, Sie müssen jemand vorher sehr gut kennen, bevor Ihnen das möglich ist. Kennen Sie Dorothy denn so gut?«

»O nein«, erwiderte die Queen, »aber ich kann Ihre Gedanken
lesen, Sir Kenneth! Und als ihr beide gestern abend zusammen
wart, hattet ihr die gleichen Gedanken . . . Du meine Güte!« Sie
schmunzelte vergnügt. »Und deshalb kann ich jetzt auch Dorothys Gedanken lesen. Daher weiß ich auch, daß Mike im Grunde
genommen kein ganz schlechter Junge ist!«

Malone schnitt eine Grimasse.

»Haben Sie gestern den ganzen Abend lang meine Gedanken
gelesen, Majestät?« fragte er gespannt. Er dachte an die vielen
scharfen Drinks und schämte sich ein bißchen.

»Nur zuerst. Später wurden sie so kraus und undeutlich, daß
ich sie nicht mehr verstanden habe. Aber am Nachmittag hatte
ich nichts weiter zu tun, deshalb habe ich Sie ein wenig beobach-
tet, Sir Kenneth. Sie haben so erfrischende und klare Gedanken,

wenn Sie verliebt sind . . .«

Malone schwieg und wurde puterrot.

»Ich weiß«, fuhr die kleine alte Dame fort, »Sie wären lieber ein kaltschnäuziger, hartgesottener Don Juan, aber . . .«

»Hören Sie auf«, unterbrach er sie, »im Grunde bin ich ein guter Junge, nicht wahr? Haben Sie sonst noch Neuigkeiten für mich?«

»Im Augenblick nicht, Sir Kenneth«. Sie lachte leise. »Dr. Hatterer, mein Vormund hier, wollte mich erst nicht ans Telefon lassen, aber es ist mir doch gelungen. Wenn ich wieder etwas Neues weiß, rufe ich Sie an!«

Natürlich hatte die alte Dame den Arzt erpreßt. Sie mußte in seinem Gehirn irgend etwas gefunden haben, was niemand wissen durfte, und hatte ihm gedroht, es weiterzuerzählen. Die alte Dame war gefährlich, wenn sie ihren Willen durchsetzen wollte.

»Ganz recht!« sagte die Queen lächelnd — sie hatte wieder einmal seine Gedanken gelesen.

»Also dann auf Wiedersehen!«

»Auf Wiedersehen, Euer Majestät!« sagte Malone.

Er verbeugte sich tief und schaltete ab.

Eine ehrfürchtige Verbeugung in der engen Visiphonzelle war nicht leicht, aber er nahm die Mühe gern auf sich, denn schließlich hatte er der alten Dame allerhand zu verdanken.

Jetzt wußte er, wie er Dorothy wiederfinden konnte.

Also Dorothy hatte das Notizbuch.

Was sollte er jetzt tun?

Majestät hatte vorgeschlagen, er sollte zu den Fueyos gehen, sich das Mädchen vornehmen und das Buch zurückverlangen. Sie war sogar davon überzeugt, daß Dorothy es ihm geben würde — und wahrscheinlich hatte sie recht, denn sie kannte ja Dorothys Gedanken.

Aber was hatte er davon?

Er kannte den Inhalt des Buches. Das hatte also Zeit. Es war auch keine angenehme Aufgabe!

Malone überlegte einen Moment und unternahm dann den nächsten Schritt: Er rief den Chef der New Yorker Polizei, John Henry Fernack, an. Diesmal, so nahm er sich vor, würde er höflich zu Fernack sein — wenn möglich.

»Guten Tag, John Henry!« sagte er fröhlich, als Fernacks Gesicht auf dem Bildschirm erschien. »Können Sie mir noch ein paar Auskünfte geben?«

Fernack sah ihn sauertöpfisch an.

»Das kommt darauf an«, sagte er langsam.

»Worauf?« Malone war fest entschlossen, sich nicht provozieren zu lassen, aber er wußte schon, daß er sich doch wieder aufregen würde. Dieser Fernack war ein Bürokrat!

»Auf die Art der Auskünfte, die Sie von mir haben wollen«, erwiderte Fernack.

»Ich möchte einige Einzelheiten über ein Lagerhaus wissen. Zum Beispiel wer der Eigentümer ist und . . .«

Fernack nickte.

»Kann ich Ihnen sagen.« Er suchte auf seinem Schreibtisch herum und hielt einen Bogen Papier hoch, auf dem ein Name und eine Adresse standen.

»Leutnant Lynch hat mir alles erzählt!«

»Lynch?« fragte Malone wütend und überrascht. »Aber ich habe ihm doch gesagt . . .«

»Lynch ist mein Untergebener!« sagte Fernack drohend. »Vergessen Sie das nicht!«

»Aber er hat mir versprochen . . .«

»Er hat Ihnen versprochen, nichts zu unternehmen — und das wird er auch nicht tun«, entgegnete Fernack. »Aber er hat mir Bericht erstattet, damit *ich* etwas unternehmen kann. Er wußte ja, daß Sie mit mir zusammenarbeiten, Malone. Und vergessen Sie nicht, daß ich sein Vorgesetzter bin!«

Also hatte Lynch ihn doch hereingelegt.

»Eine Gemeinheit«, sagte Malone, »aber . . .«

»Warten Sie«, unterbrach ihn der Polizeichef, »jetzt möchte ich erst mal was von Ihnen wissen. Was ist mit diesen Jungen los? Was ist das für ein Unsinn mit dem spurlosen Verschwinden?«

»Das ist kein Unsinn!«

»Okay«, sagte Fernack mild. »Schließlich verschwinden jeden Tag ein paar Jungen in dieser Riesenstadt.« Er beugte sich vor und sah Malone scharf an. »Malone — haben die Jungen etwas mit diesen Diebstählen zu tun, die ich für Sie statistisch erfassen ließ?«

»Ja. Ich nehme es an. Aber ich bezweifle, daß Sie es beweisen können!«

Fernack wurde rot vor Wut. Er konnte es nicht vertragen, wenn jemand die Fähigkeiten der New Yorker Polizei anzweifelte.

»Malone, wenn Sie Beweise für ein Verbrechen der Polizei vorenthalten, dann . . .«

»Ich enthalte Ihnen nichts vor, Fernack. Ich kann ebenso wenig beweisen, daß die Jungen etwas mit jenen Diebstählen zu tun haben. Niemand kann das — wenigstens jetzt noch nicht.«

Besänftigt lehnte sich Fernack wieder zurück.

»John Henry«, sagte Malone energisch, »bitte lassen Sie die Finger von dieser Sache. Ich möchte den Fall auf meine Art lösen.«

Fernack nickte nur. »Klar!«

»Was?« Malone war völlig verblüfft. Er hatte erwartet, daß Fernack sich die Bevormundung durch das FBI verbitten würde.

Der Polizeichef hatte sich in seinen Sessel zurückgelehnt, und in seinem Gesicht standen Enttäuschung und Müdigkeit.

»Malone«, sagte er, »ich wünschte, ich hätte nie von diesem Fall gehört. Ich wünschte, ich wäre vorher pensioniert worden oder gestorben. Ich bin so lange in New York bei der Polizei — konnte dieser Fall sich nicht ein paar Jahre später zutragen? Dann würde nämlich ein anderer hier auf meinem Sessel sitzen . . .«

Malone lehnte sich gegen die Wand der Visiphonzelle und steckte sich eine Zigarette an.

». . . Burris hat mich vor einer halben Stunde angerufen. Der gute alte Burris vom FBI in Washington. Diese Sache falle unter den Begriff ›Nationale Sicherheit‹, und er war sehr aufgeregt und wollte, daß nur Sie und niemand anders diesen Fall bearbeiten!« Er schnaubte wütend. »Also machen Sie sich keine Gedanken — ich bin Ihnen nicht im Wege. Ich bin Ihr williger Untergebener: der patriotische, loyale, stumpfsinnige Sklave des FBI . . .«

Malone blies einen Rauchring.

»Sie wären selbst ein guter FBI-Mann geworden, Fernack!«

»Sparen Sie sich Ihren Trost«, sagte Fernack bitter.

»Na gut, aber sagen Sie mal: Haben Sie wirklich schon Vorbereitungen für mich getroffen wegen dieses Lagerhauses?«

»Ja. Überfallkommando und Hafenpolizei wissen Bescheid. Und für Sie habe ich einen genauen Plan des Hauses vom Eigentümer organisiert. Sind Sie zufrieden, Majestät?«

Malone verschluckte sich am Zigarettenrauch, einen solchen Schreck bekam er. Er warf schnell einen Blick hinter sich, aber die Queen war nicht da. Fernack hatte mit Majestät ihn gemeint . . .

»Wollen Sie sonst noch was?« fragte Fernack schüchtern.

»Im Moment nicht. Ich rufe Sie dann wieder an. Und — haben Sie vielen Dank, John Henry.«

»Ich brauche Ihren Dank nicht«, knurrte Fernack aufgebracht. »Ich wünschte, Sie würden tot umfallen . . .«

Malone lächelte vergnügt.

»Auf Wiedersehen!«

Er schaltete ab, drückte seine Zigarette aus und ging hinunter an die Bar.

Er mußte sich sein weiteres Vorgehen genau überlegen, und warum sollte er das nicht bei einem Glas Whisky tun?

Das Restaurant war voll, und es gelang ihm nur mit Mühe, einen leeren Hocker an der Bar zu finden. Ray unterhielt sich am anderen Ende mit einer hübschen Rothaarigen und ihrem glatzköpfigen Begleiter, und Malone konnte in Ruhe nachdenken, bis sein Drink kam.

Wie — so fragte er sich — fängt man einen Teleport, der sich in Sekundenschnelle unsichtbar machen kann?

Festbinden? An die Wand ketten?

Vielleicht ging es mit Handschellen?

Aber dazu mußte er wissen, ob alles, was die Jungen berührten, gleichzeitig mit verschwand. Offensichtlich konnten sie auch schwere Dinge mitnehmen, wenn sie sich an einen anderen Ort versetzten: Das bewiesen die Diebstähle.

Wenn es ihm gelänge, einen der Jungen mit Handschellen an sich zu fesseln, würde er dann auch verschwinden oder nur sein Arm?

Malone seufzte. Wenn er nur die Antwort auf diese Fragen wüßte!

Trostreich war lediglich die Tatsache, daß er bisher alles allein herausgefunden hatte, was er wußte. Er wußte jetzt, wer die Cadillacs gestohlen hatte, kannte die Namen und Adressen und wußte, wie die Jungen ihre Wunder vollbrachten.

Aber er hatte keine Ahnung, wie er sie festnageln konnte.

Er würde es mit Handschellen versuchen und abwarten müssen, ob es ging. Das Notizbuch hatte keine Hinweise darauf enthalten — und außerdem besaß Dorothy es.

Malone stellte sich plastisch vor, wie er bei den Fueyos hereinplatzte, um Dorothy zur Rede zu stellen:

»Dorothy«, würde er stottern, »du hast mein Notizbuch gestohlen!«

Es hörte sich nicht sehr wirkungsvoll an — außerdem war es gar nicht sein Notizbuch. Er versuchte es anders.

»Dorothy — du hast das Notizbuch von deinem Bruder geklaut!«

Das war auch nicht gut — es würde sich anhören, als stelle jemand von der Ordnungspolizei ein leichtes Mädchen zur Rede . . .

»Dorothy — du hast dir Mikes Notizbuch ausgeborgt . . .«
Ging auch nicht. Es hörte sich zu väterlich an.

Vielleicht konnte er einfach sagen: »Dorothy — du hast Mikes Notizbuch!«

Aber dann würde sie wahrscheinlich antworten:

»Ja— und?« oder »Woher weißt du das?«

Und dann würde er keine Antwort darauf wissen, denn er konnte ihr schließlich nicht gut sagen, daß die Königin von England ihm das erzählt hatte.

Er wurde von Ray, dem Barkeeper, aus seinen Träumen gerissen.

»Wollen Sie noch einen Drink, Mister? Wenn Sie schon Ihr Notizbuch nicht wiedergefunden haben, dann sollten Sie sich wenigstens mit einem Drink trösten . . .«

»Ray«, sagte Malone dankbar, »Sie sind ein außergewöhnlich vernünftiger Mensch. Ihre Idee ist vorzüglich. Bringen Sie mir einen Doppelten!«

Malone entschloß sich, Dorothy nicht nach dem Notizbuch zu fragen. Wenigstens jetzt noch nicht. Schließlich brauchte er das Buch nicht. Er brauchte weder die Seite mit Lynchs und seinem eigenen Namen, noch die Zeichnung des roten Cadillacs. Wozu also Dorothy in Verlegenheit bringen, indem er sie zur Rede stellte?

Nüchtern gesehen war es natürlich ein Verbrechen, andere Leute zu bestehlen — und vor allem FBI-Agenten, aber im Fall von Dorothy war das ja keine Gewohnheit...

Er sah auf die Uhr. Kurz vor sechs.

Er würde erst einmal in sein Hotel zurückfahren und sich umziehen, wenn er den doppelten Whisky in sich hatte, den Ray jetzt vor ihn hinstellte...

11

Malone war nicht an den New Yorker Verkehr gewöhnt, und so wurde es halb sieben, als er endlich das Hotel erreichte. Ein Taxi hatte er nicht gefunden, und die Untergrundbahn war so überfüllt gewesen, daß er sich entschlossen hatte, zu Fuß zu gehen.

In seinem Zimmer zog er erst einmal unter dankbarem Stöhnen seine Schuhe aus, als es an die Verbindungstür zu Boyds Gemach klopfte.

»Sind Sie's, Tom? Kommen Sie 'rein!«

Boyd stieß die Tür auf.

Er hatte sich gerade rasiert und noch die kleine Schere in der Hand, mit der er seinen Bart stutzte.

»Haben Sie das FBI angerufen, nachdem Sie heute nachmittag dort weggegangen sind?«

»Nein.« Malone war bemüht, Boyd nicht merken zu lassen, daß er etliche Whiskys getrunken hatte.

»Jemand hat angerufen — Ferngespräch — ein Dr. O'Connor aus Yucca Flats.«

Malone ging zum Visiphon. »Sonst noch irgendwas Neues?«

»Leibowitz & Hardin sind mit den roten Cadillacs fertig — sie haben nichts gefunden. Leibowitz ist bereit zu beschwören, daß sich kein Elektronengerät in irgendeinem der Wagen befindet.«

»Das habe ich gewußt«, sagte Malone und weidete sich an dem verblüfften Gesicht seines Mitarbeiters. Er schaltete ein und bat die Zentrale, ihn mit Dr. O'Connor in Yucca Flats zu verbinden.

Endlich erschien das ernste, asketische Gesicht des Gelehrten auf dem Bildschirm.

»Ich freue mich, Sie wiederzusehen!« sagte er. »Mr. Burris hat mir schon erzählt, worum es sich handelt. Stimmt es wirklich, daß Sie einen Teleport gefunden haben?«

Malone grinste heimlich.

»Viel besser: Ich habe acht Teleports gefunden!«

»Phantastisch!« rief der Gelehrte aus. »Wann können Sie sie liefern?«

»Das kommt darauf an.« O'Connor schien die Jungen mit ihrer außergewöhnlichen Fähigkeit nicht als Menschen zu betrachten. »Ich kann sie nicht liefern, bevor ich sie gefangen habe«, sagte er im Jargon des Gelehrten.

»Die Lieferung wird sich also verzögern«, sagte Dr. O'Connor unwillig und kalt. Sein Gesichtsausdruck ließ keinen Zweifel daran, daß er darauf bestehen würde, die Teleports »geliefert« zu bekommen, jetzt, wo er wußte, daß es Menschen gab, die seine Theorien über Psionik beweisen konnten.

»Die Teleports sind Jungen. Jugendliche Verbrecher. Aber es steht fest, daß es Teleports sind. Um sie fangen zu können, brauche ich ein paar Auskünfte von Ihnen.«

Dr. O'Connor nickte langsam.

Malone holte tief Atem.

»Wie kommt Teleportation zustande, Dr. O'Connor?«

»Das ist eine sehr schwierige Frage. Genau wissen wir das selbst noch nicht.« Es war ihm anzusehen, wie ungern er dieses Eingeständnis machte. »Aber es gibt Beweise dafür, daß die Grundlagen für diesen Prozeß etwa die gleichen wie bei der Psychokinetik sind — und hierfür gibt es Material genug. Zum Beispiel diese Formel hier:« Er kritzelte etwas auf ein Stück Papier und hielt es hoch.

$$\frac{md}{ft^2} = K$$

Malone sah sich die Gleichung sekundenlang verständnislos an und sagte dann:

»Sieht hübsch aus. Was ist das?«

O'Connor sah ihn an wie einen Schüler, der nicht aufgepaßt hat. »m ist die Masse in Gramm, d ist die Entfernung in Zentimetern, f — die Kraft in Dyn und t die Zeit in Sekunden. K ist eine Konstante, deren absoluter Wert bisher unbekannt ist.«

»Hm«, machte Malone und starrte die Gleichung an. Der Wert von K war nicht bekannt — soviel verstand er, aber das half ihm auch nichts.

». . . wie Sie sehen, ist die Entfernung, über die eine bestimmte Masse fortbewegt werden kann, abhängig von der Kraft und der Zeit. Anders herum: Je größer die Masse ist, desto leichter kann sie über eine beliebige Entfernung hinweg transportiert werden. Wie Sie zweifelsohne verstehen, steht das keineswegs im Gegensatz zu den üblichen physikalischen Gesetzen . . .«

»Aha«, sagte Malone, der fühlte, daß Dr. O'Connor Zustimmung von ihm erwartete.

»Ich muß allerdings einräumen«, fuhr der Gelehrte mürrisch fort, »daß die Ungewißheit hinsichtlich des Faktors K und die Tatsache, daß wir die Form der anzuwendenden Kraft nicht kannten, unsere Arbeiten auf diesem Gebiet bisher fast unmöglich gemacht haben. Wenn wir aber jetzt die Teleports haben, können wir bestimmt eine ganze Reihe gültiger Gesetze aufstellen . . .«

Malone unterbrach ihn ungeduldig.

»Mich interessiert insbesondere, wo die Grenzen der Teleportation liegen.«

»Es gibt verschiedene Grenzen. So ist zum Beispiel die Kraft f abhängig von der . . . äh . . . Stärke der Persönlichkeit des betreffenden Menschen.«

»Also könnte ein Mensch mit einem starken Willen mehr ›f‹ entwickeln als jemand, der nicht so willensstark ist?«

»Genau! Ähnlich ist es mit dem Faktor Zeit t. Wir bezeichnen damit die Zeitspanne der Konzentration — die Fähigkeit des menschlichen Gehirns, sich für eine bestimmte Zeit ausschließlich auf eine bestimmte Sache zu konzentrieren. Es gibt Menschen, die sich auch nicht für Millisekunden auf einen einzigen Gedanken konzentrieren können, die nennt man dann Spatzengehirne, Windbeutel und so weiter.«

Dr. O'Connors Gesichtsausdruck ließ keinen Zweifel daran, daß er Malone in diesen Kreis mit einschloß. Mit finsterer Miene fuhr er fort:

»Und dann fehlt in der Gleichung auch noch ein bestimmter Faktor, den wir bisher nicht mathematisch exakt auszudrücken vermochten. Man könnte ihn das Volumen der Konzentration nennen, das heißt, der räumliche Umfang, den ein Teleport zu umfassen vermag, wenn er sich an einen anderen Ort versetzt. Die meisten Menschen können sich nur auf solche Dinge wirklich konzentrieren, die sich ganz nahe, höchstens einige Zentimeter entfernt, bei ihnen befinden ...«

»Damit ist also auch eine Grenze dafür gegeben, wieviel ein Teleport mitnehmen kann? Ich meine — er könnte also nicht ein ganzes Haus mitnehmen?«

»Sicher nicht! Das würde einen ungeheuer großen Konzentrationsaufwand bedingen. Ich glaube nicht, daß irgendwo auf der Welt ein Gehirn existiert, das zu einer solchen Leistung fähig wäre ...«

Malone ließ nicht locker. »Könnte ein junger, unerfahrener Mensch irgendwelche schweren Dinge mit verschwinden lassen?«

»Natürlich nicht — ebenso wenig wie er Dinge teleportieren könnte, die festgemacht sind ...«

»Und wenn man ihn beispielsweise mit Handschellen an die Zentralheizung oder das Fenstergitter fesseln würde?«

Dr. O'Connor schien sorgfältig nachzudenken. »Auf keinen Fall«, sagte er schließlich, »könnte er die Zentralheizung oder das Fenstergitter mitnehmen, wenn er verschwindet. Aber Sie müssen sich darüber klar sein, daß wir bisher keine Erfahrungen auf diesem Gebiet haben und auf Vermutungen angewiesen sind ...«

»Natürlich.«

»... deshalb bin ich auch so erpicht auf die acht Teleports!«

»Dr. O'Connor«, log Malone, »das war von Anfang an meine größte Sorge — daß wir diese Teleports Ihnen und der Wissenschaft erhalten können. Ich habe alles nur mögliche getan, um zu verhindern, daß den Jungen irgend etwas passiert, nur damit Sie mit ihnen arbeiten können!«

»Ich weiß das wohl zu würdigen!« erwiderte der Gelehrte erfreut, und Malone hatte das Gefühl, als sei ihm soeben zu Unrecht der Nobelpreis verliehen worden.

»Ich weiß«, fuhr der FBI-Agent fort, »daß ich ein oder zwei der Jungen verhaften kann, aber ich fürchte, ich kann sie nicht länger als vielleicht eine Sekunde lang in Gewahrsam halten — wenn sie ihre Fähigkeit anwenden, und das tun sie bestimmt!«

»Ein Problem!« sagte Dr. O'Connor grüblerisch. »Ein echtes Problem!«

»Und gibt es dafür keine Lösung?« wollte Malone wissen. »Kein Mittel, diese Jungen wirklich festzuhalten?«

»Im Moment«, sagte Dr. O'Connor traurig und ein wenig abwesend, »weiß ich keine. Uns fehlen physikalische Gesetze — Formeln . . .«

»Feine Sache«, erwiderte Malone zynisch. »Wir brauchen die Jungen, um Formeln rauszukriegen, und wir brauchen Formeln, um die Jungen zu kriegen. Ein Hoch der Wissenschaft!«

»Wir scheinen uns in einem Dilemma zu befinden«, bemerkte der Gelehrte kühl.

»Dilemma? Mir scheint, hier hat die Wissenschaft versagt!« meinte Malone, wütend über das lange, nutzlose Gespräch.

Der Gelehrte öffnete den Mund zu einer scharfen Entgegnung, besann sich aber und sagte nur knapp:

»Sie haben recht!«

»Na ja — vielleicht fällt einem von uns beiden noch was ein. Wenn Sie eine Idee haben, rufen Sie mich an, Doktor!«

»Sie können sich darauf verlassen«, sagte Dr. O'Connor. »Glauben Sie mir — ich bin auf die Jungen ebenso scharf wie Sie selbst!«

Malone verabschiedete sich und wandte sich erleichtert seinem Kollegen Boyd zu. Ein komischer Gelehrter, dieser O'Connor.

»Was ist denn mit Ihnen los?« Malone sah erschrocken Boyd an. »Sind Sie krank?«

Boyds Mund stand offen.

»Ich bin nicht krank«, sagte er langsam, als fiele ihm das Sprechen schwer. »Wenigstens glaube ich das. Ich weiß es nicht.«

»Was ist denn los?«

»Teleportation?« sagte Boyd erschüttert. »Jugendliche Bande?«

Malone verspürte plötzlich Gewissensbisse.

Ihm fiel ein, daß er Boyd überhaupt noch nichts erzählt hatte, seit vor zwei Tagen das Notizbuch gefunden worden war. Boyd hatte keine Ahnung.

Rasch berichtete er Boyd über seine bisherigen Nachforschungen, während dieser vor dem Spiegel stand und mit zitternden Händen versuchte, sich weiter zu rasieren.

»... deshalb habe ich die Untersuchung der roten Cadillacs durch Leibowitz nicht abgebrochen. Ich war ziemlich sicher, daß das Fehlen eines Fahrers nicht an den Wagen, sondern an den außergewöhnlichen Fähigkeiten der Jungen lag, aber ich wollte ganz sicher sein.«

»Verstehe!« sagte Boyd. Er hielt Malone ein Büschel Barthaare vor die Nase, das offensichtlich an eine leere Stelle an seinem Kinn gehörte. »Sehen Sie mal, wie meine Hand zittert!«

»Das ist also die ganze Geschichte«, sagte Malone abschließend.

»Eine schöne Gruselgeschichte!«

»Sie ist wahr.«

Boyd zuckte die Achseln. »Wenn Sie meinen? Ich mache jeden Unsinn mit. Aber das hier geht mir über die Hutschnur! Unsichtbare Teenager — so ein Quatsch!«

Malone grinste.

»Heute abend«, sagte er, »gehen wir zu diesem Lagerhaus. Ich habe so eine Ahnung, daß sich die Jungen seit ihrem Verschwinden von zu Hause dort versteckt halten.«

»Malone?«

»Was?«

»Sie meinen — wir gehen heute abend dort hin?«

Malone nickte.

»Ich hätte es mir denken können«, murmelte Boyd, »das mußte ja so kommen ...«

»Tom«, sagte Malone, »was ist denn bloß los?«

»Ach nichts«, erwiderte Boyd verzweifelt. »Wenn ich noch mal mit Ihnen zusammen auf ›Erholung‹ geschickt werde, nehme ich mir vorher das Leben!«

»Was ist passiert?«

»Sie und dieses verdammte Lagerhaus! Drei Tage lang habe ich meiner Blondine jetzt jeden Abend New York gezeigt. Habe Sekt spendiert. In feudalen Restaurants. Habe Geld ausgegeben, als sei ich Burris selbst und nicht der einfache kleine FBI-Mann Boyd. Nachtklubs, Theater, Bars. Malone, wir verstanden uns wunderbar. Ich machte jeden Abend weitere Fortschritte ...«

»Und heute abend?«

»Heute abend hat sie mich zum erstenmal eingeladen! Zu einer Flasche Champagner. In ihre Wohnung ...«

»Sie müssen absagen!« sagte Malone voller Sympathie für seinen Kollegen, der das Leben in New York in vollen Zügen genoß. »Es tut mir wirklich leid, Boyd, aber es muß sein . . .«

»Okay«, winkte Boyd ab, »ich weiß: Pflicht ist Pflicht. Ich rufe die Kleine an und sage ab.«

»Gut. Und ich besorge inzwischen Unterstützung.«

»Unterstützung?«

»Ja — das Überfallkommando vom guten John Henry Fernack . . .«

12

Das Lagerhaus war offensichtlich abgeschlossen.

Es stand im trüben Licht der Lampen als einzelner Block scheinbar verlassen dicht am Hudson.

Es war ein großes Haus mit drei Stockwerken.

Malone und Boyd standen im Schatten der Straße gegenüber und beobachteten das Gebäude.

Sie waren nervös.

Leise flüsterte Boyd:

»Ob die Jungen Posten aufgestellt haben?«

»Wir müssen damit rechnen«, brummte Malone. »Aber wir wollen sie nicht überschätzen. Ein einzelner Junge kann auch nicht alles sehen. Still —«

Er zog ein kleines Funksprechgerät aus der Tasche.

»Lynch?« flüsterte er.

»Hier — Malone?« kam es aus dem Miniaturlautsprecher.

»Haben Sie schon Kontakt?«

»Noch nicht. Ich sage Ihnen sofort Bescheid, wenn wir festgestellt haben, wo sie sind.«

Malone trat von einem Bein aufs andere.

Endlich kam die Stimme von Lynch durch den kleinen Lautsprecher.

»Wir haben etwas aufgefangen!« sagte er heiser. »Drinnen müssen mehrere Menschen sein. Sie hatten recht, Malone!«

Vom Hudson wehte der Wind herüber. Er trug den Geruch von verfaulten Fischen und Abfall mit sich. Malone schloß die Augen und fröstelte.

Auf der anderen Flußseite blinkten die warmen Lichter der Wohngebäude. Hier gab es nichts als Dunkelheit.

Malone hielt sich in den Schatten, während sie vorsichtig zu dem schmalen Fußweg hinter dem Lagerhaus gingen, der zu einem kleinen Anbau führte.

Sie hatten ihren Weg auf Grund der Lagerpläne sorgfältig vorausgeplant.

Malone schloß die kleine Tür zum Anbau auf.

Da hörte er ein Geräusch hinter sich und flüsterte unterdrückt: »Tom —?«

»Malone«, sagte Boyd leise hinter ihm, »es ist...«

Malone fuhr blitzschnell herum.

Boyd kämpfte im Halbdunkel mit jemand, der sich verzweifelt wehrte.

Mit einem Satz war Malone bei ihm, packte zu und hielt der dunklen Gestalt die Hände vor den Mund. Es dauerte nur eine Sekunde — dann wußte Malone, daß es keiner der Jungen war.

»Still!« zischte er. »Ich tue Ihnen nichts.«

Das Mädchen in seinen Armen ergab sich sofort.

Langsam zog Malone die Hand von ihrem Mund. Die Hand schmerzte, denn das Mädchen hatte hineingebissen.

»Kenneth Malone«, sagte das Mädchen, »Sie sehen aus wie ein Marsmensch!«

»Dorothy!« sagte Malone verblüfft. »Was tun Sie denn hier? Suchen Sie Ihren Bruder?«

»Lassen Sie mich los! Sie packen zu fest zu. Ich gehe jetzt nach Hause zu meiner Mutter.«

»Antworten Sie!«

»Na gut«, sagte Dorothy Fueyo, »da Sie schon einmal hier sind, kann ich es Ihnen ja sagen. Ja — ich wollte zu meinem halsstarrigen Bruder. Aber jetzt ist es wohl zu spät ... er muß ... er muß sicher ins Gefängnis.«

Sie begann zu schluchzen, und Malone umfaßte sie sanft.

»Nein, bitte nicht weinen«, sagte er. »Bitte — er braucht nicht ins Gefängnis ...«

»Wirklich nicht?«

»Bitte«, sagte Malone, »glauben Sie mir. Die amerikanische Regierung braucht diese Jungen! Und jetzt gehen Sie nach Hause. Ich rufe Sie morgen an. Oder noch heute, wenn Sie wollen.

Okay?«

»Ich gehe nicht nach Hause!« verkündete Dorothy. »Ich gehe mit Ihnen hinein in dieses Lagerhaus. Ich kann Mike eher zur Vernunft bringen als Sie.«

»Also gut — kommen Sie mit. Halten Sie sich dicht bei uns und fürchten Sie sich nicht vor der Dunkelheit. Wir können durch unsere Infrabrillen sehen. Ich führe Sie — aber verhalten Sie sich ganz still!«

Malone drehte sich um und ging los.

Der Anbau war bis zum Dach mit Kisten vollgestapelt, und sie mußten sich durch schmale Gänge, die freigelassen waren, hindurchwinden.

Dann eine Eisentreppe und noch eine weitere Treppe, die auf das flache Dach hinausführte . . .

Das Lagerhaus war zwei Stockwerke höher als der Anbau, und die einzige Tür, die von hier aus hineinführte, war ein schwerer, feuersicherer Notausgang, der sich zwar von innen leicht ohne Schlüssel öffnen ließ, von außen aber allenfalls mit einer Dynamitpatrone zu öffnen gewesen wäre.

Glücklicherweise hatte Malone einen Schlüssel.

»Los!« sagte er zu Boyd und trat beiseite.

Boyd jagte mit einer Hochdruck-Schmierpistole Spezialöl in das Schloß und die Scharniere.

Sie warteten eine Minute, bis das Spezialöl gewirkt hatte. Dann steckte Malone vorsichtig den Schlüssel ins Schloß und drehte ihn langsam. Lautlos drehte sich die Tür in den Angeln und gab den Weg ins Innere frei.

Malone schlüpfte hinein, dicht gefolgt von Boyd und Dorothy Fueyo.

Ein Stockwerk höher über ihnen vernahmen sie Stimmen. Eine Treppe führte nach oben. Sie eilten darauf zu. Offensichtlich war die Tür oben nur angelehnt, denn bereits am Fuß der Treppe konnten sie deutlich hören, was oben gesprochen wurde:

». . . sie wären uns nie auf die Spur gekommen, wenn du nicht so verrückt nach den Cadillacs gewesen wärst, Silvo, und wenn du diesem Jukovsky nicht eins über den Hut gegeben hättest!«

Also war es gar nicht Mike Fueyo gewesen, der ihn niedergeschlagen hatte, sondern Silvo Envoz? Malone lauschte atemlos.

». . . und wer hat den FBI-Burschen niedergeschlagen? Du!«

sagte Silvo Envoz. »Und jetzt können wir uns nicht mehr sehen lassen. Das ist deine Schuld, Mike! Ich will zurück zu meiner alten Dame!«

»Wer hat denn herausgefunden, daß wir uns unsichtbar machen können?« schrie Mike Fueyo wütend. »Wenn ich euch das nicht gezeigt hätte, wärt ihr weiter nichts als ein Haufen Halbstarker . . .«

»Erzähl uns nicht diesen Quatsch!« sagte Silvo. »Wir hätten das auch ohne dich machen können. Du hast selbst gesagt, daß das jeder kann, der ein bißchen Talent dazu hat . . .«

»Wenn du so schlau bist, Mike«, rief eine andere Stimme dazwischen, »warum bringst du es nicht mal jemandem bei, der kein Talent dazu hat . . .«

»Ja«, warf eine vierte Stimme ein. »Zeig es doch mal deiner hübschen Schwester!«

»Laß meine Schwester aus dem Spiel!« sagte Mike Fueyo wütend.

»Warum? Ist sie etwas Besonderes?«

»Sie hat das Notizbuch von dem Burschen vom FBI zurückgeholt!« schrie Mike Fueyo. »Das ist gerade genug!«

Eine Stimme sagte:

»Jedes Mädchen mit ein bißchen . . .«

»Halt die Klappe, bevor ich sie dir . . .«

»Wir werden hinaufschleichen, während sie sich streiten«, flüsterte Malone, »dann ist die Chance, daß sie uns nicht bemerken, am größten.«

Die Tür oben war offen, und sie fanden Schutz hinter ein paar umherstehenden Kisten und Gestellen. Der riesige Raum wurde von einer einzigen nackten Birne erhellt, die in der Mitte herabhing. Die Fenster waren mit Decken zugehängt.

Die Jungen bemerkten sie nicht.

»Wir wollen warten, bis sie sich etwas beruhigt haben!« flüsterte Malone. »Dann stehen Sie auf und sprechen mit ihnen, Dorothy! Sagen Sie ihnen, daß wir ihnen nichts tun wollen und sie auch nicht einsperren werden . . .«

»Ist gut«, flüsterte sie zurück.

»Sie können sowieso verschwinden, wenn sie wollen, warum sollten sie uns daher nicht wenigstens vorher anhören . . .«

Er unterbrach sich plötzlich und horchte.

Durch das Schreien und Fluchen der Jungen drangen Geräusche. Sie kamen von unten.

Alle acht Jungen hörten die eindringenden Polizisten gleichzeitig. Wie auf Kommando flogen ihre Köpfe herum.

Malone, Boyd und Dorothy duckten sich tiefer.

Mike Fueyo fand als erster die Sprache wieder:

»Bleibt noch hier!« sagte er scharf. »Wollen erst mal sehen, wer das ist!«

Angesichts des gemeinsamen Widersachers unterwarfen sich die Jungen sofort wieder Mike Fueyo und gehorchten ihm. »Wenn es Polizisten sind, machen wir es wie verabredet.«

Leutnant Lynch erschien in der Tür — hinter ihm rannten ein paar Polizisten die Treppe herauf.

Malone war überrascht. Die Jungen machten sich nicht unsichtbar.

Sie ließen den Haufen Polizisten auf sich zukommen und verschwanden dann erst im letzten Moment. Im nächsten Augenblick gab es ein fürchterliches Durcheinander. Die Jungen tauchten wie die Heuschrecken an verschiedenen Stellen auf; Malone sah, wie Mike abwartete, bis der Polizist vor ihm seinen Gummiknüppel erhoben hatte und sich erst im letzten Moment unsichtbar machte.

Der Trick, den Mike mit den Jungen geprobt hatte, funktionierte vorzüglich. Polizisten hieben verzweifelt und unabsichtlich auf andere Polizisten ein, Lynch schlug erbittert um sich — aber keiner traf einen der Jungen, die ständig verschwanden, um an anderer Stelle wieder aufzutauchen.

Malone drängte sich durch die Kämpfenden hindurch. Er versuchte, den Schlägen der Gummiknüppel auszuweichen, aber es gelang ihm nicht immer. Dann sah er Mike wieder. Er stand gelassen am Rande des Menschenknäuels und sah lächelnd zu, wie seine Kameraden die Polizisten zum Narren hielten. Vorsichtig pirschte sich Malone an ihn heran.

Mike sah ihn nicht kommen.

Endlich war er nahe genug heran.

Er sprang Mike Fueyo an und hatte ihn im Bruchteil einer Sekunde mit seinen Handschellen an sich gefesselt.

»So!« sagte er triumphierend. »Und jetzt kommst du mit!« Mit einem scharfen Ruck zog er Mike Fueyos Handgelenk zu sich hin und wollte zur Tür ...

... und dann war die Handschelle plötzlich leer, und Mike Fueyo war fort.

Malone war so verblüfft, daß er direkt auf den blindlings um sich schlagenden Lynch zulief, ohne an die Gefahr zu denken.

Lynch hatte gerade ausgeholt ...

Malone erinnerte sich auch an den Schlag, der genau seine Kinnspitze traf, und daß er danach das Gefühl gehabt hatte, in die Unendlichkeit zu fallen ... immer weiter zu fallen. Irgend jemand hatte noch gesagt:

»Wo sind sie denn alle? Jetzt sind sie endgültig verschwunden ...«

Und dann konnte er sich an nichts mehr entsinnen.

Es war sehr ungewöhnlich, daß der Chef des FBI ohne jede Vorwarnung in eine Außenstelle der Organisation hereinplatzte.

Drei Tage nach dem Lagerhaus-Fiasko stieß Andrew J. Burris wortlos die Tür zum New Yorker FBI auf und marschierte gruß-los an dem überraschten wachhabenden FBI-Agenten vorbei auf das Arbeitszimmer von Malone und Boyd zu.

Er klopfte nicht einmal an.

Malone, der am Schreibtisch saß, zwang sich zu einem ge-quälten Lächeln.

»Oh, hallo, Chief — habe mir schon gedacht, daß Sie kommen würden!«

Burris öffnete schweigend seine Aktenmappe und zog ein Bündel Papiere hervor.

»Sehen Sie sich das an, Malone«, grollte er. »Anfragen, Be-schwerden, Forderungen. Von allen möglichen Leuten ... von Polizeichef Fernack, vom Bürgermeister, vom Gouverneur. Alle wollen eine Erklärung von mir!«

Als habe sich sein Zorn erschöpft, ließ er sich plötzlich müde in einen Sessel fallen und fuhr bekümmert fort: »Ich kann sie eine Zeitlang vertrösten. Ich kann ihnen was vorlügen — es macht mir nichts aus. Sie brauchen nicht unbedingt eine Erklä-rung, aber ich brauche eine, und zwar von Ihnen ...«

Malone schloß die Augen. Was sollte er Burris sagen?

»Wir müssen etwas unternehmen!«

Malone dachte nach. Endlich sagte er:

117

»Chief — geben Sie mir einen Rat, wie ich die Jungen kriegen soll!«

»O nein«, erwiderte Burris. »Nein, Malone — das ist Ihre Sache!« Er stand auf und klopfte Malone auf die Schulter. »Sie müssen es schaffen — und zwar bald!« fügte er drohend hinzu.

13

Als Malone eine Stunde später in sein Hotelzimmer zurückkehrte, saß Dorothy Fueyo auf seiner Couch.

Malone fühlte sich sofort besser.

»Sie kommen reichlich spät«, sagte sie vorwurfsvoll. »Ich mußte den Nachschlüssel benutzen, den Sie mir gegeben haben. Was wird das Hotelpersonal dazu sagen?«

»Es tut mir leid. Burris ist nach New York gekommen und hat mir ein Ultimatum gestellt. Haben Sie das Notizbuch mitgebracht?«

»Natürlich«, Dorothy gab es ihm.

Malone nahm es hastig und blätterte es durch. Es war nicht das Notizbuch von Mike Fueyo — das hatte der Junge bei sich, und es gab nunmehr kaum noch eine Chance, es zurückzubekommen. Dieses Notizbuch hier gehörte Dorothy, aber es konnte ihm vielleicht den gleichen Dienst tun.

»Dorothy«, sagte Malone, »gestern abend, kurz bevor die Polizisten in das Lagerhaus eindrangen, deutete Mike an, er hätte versucht, Ihnen beizubringen, wie Sie sich unsichtbar machen können. Deshalb habe ich Sie gebeten, heute hierherzukommen. Hat er es versucht?«

»Ja. Aber ohne Erfolg. Ich hätte kein Talent dazu, hat Mike gesagt. Haben Sie deshalb vermutet, ich hätte auch so ein Notizbuch?«

Malone nickte. »Mikes Notizbuch war voller Kritzeleien, und ich nehme an, daß es ich um Symbole handelte. Und von Dr. O'Connor habe ich inzwischen erfahren, welche Rolle Symbole in der Psionik spielen.

Ich vermute, die Bilder in Mikes Notizbuch waren Symbole und ebenso die Kritzeleien hinter den Namen der Jungen. Mike ist ein heller Kopf. Niemand vor ihm hat bisher einen Weg gefunden, anderen Leuten die Grundlagen der Psionik zu lehren. Mike ist der erste!«

»Mike ist im Grunde ein guter Junge«, sagte Dorothy scheu.

»Wenn meine Annahme richtig war, dann mußte das Notizbuch eine Art von Lehrbuch sein. Und wenn er versucht hatte, auch Ihnen die Teleportation beizubringen — dann mußten auch Sie ein solches Notizbuch haben. Stimmt's?«

Verwundert nickte Dorothy. »Und was soll ich jetzt hier?«

»Sie sollen mir beibringen, was Sie davon wissen!«

»Unmöglich«, sagte Dorothy, »wie kann ich Sie etwas lehren, das ich selbst nicht beherrsche? Und woher wissen Sie überhaupt, daß Sie es lernen würden?«

»Die Hauptsache ist, Sie erinnern sich an alles, was Mike Ihnen gesagt hat . . .«

»Das habe ich alles behalten, aber es hat mir nichts genutzt . . .«

»Ein Mann«, sagte Malone entschlossen, »der gelähmt ist, kann selbst nicht Fußball spielen. Aber wenn er die Spielregeln kennt, kann er andere lehren, Fußball zu spielen. Wollen Sie es versuchen?«

Dorothy lächelte. »Gut, Ken. Geben Sie mir das Notizbuch! Ich will Ihnen die Grundlagen erklären. Später brauchen Sie ein eigenes Notizbuch, denn die Symbole sind genau auf die jeweilige Person zugeschnitten . . .«

Malone grinste und zog ein schwarzes Notizbuch aus seiner Jackentasche. »Habe ich mir gedacht — darum habe ich mir gleich eins besorgt. Also los!«

Malone starrte auf das Bild, das er auf eine Seite des Notizbuches gezeichnet hatte.

Schweiß stand ihm auf der Stirn.

Seit vier Tagen versuchte er es jetzt.

»Nein, Ken«, sagte Dorothy geduldig. »So geht es nicht. Sie müssen es sich vorstellen! Nur dadurch hat Mike so mühelos rote Cadillacs gefunden. Er brauchte nur . . .«

»Ich weiß! Dazu sind die Bilder ja da. Aber ich bin ja kein Künstler. Diese Zeichnung hier hat zu wenig Ähnlichkeit mit meinem Büro.«

»Das ist gar nicht nötig«, sagte Dorothy. »Hauptsache, die

Zeichnung enthält genug Details, die es Ihnen möglich machen, sich den Ort vorzustellen, an den Sie sich versetzen wollen! Je besser Ihr Gedächtnis ist, desto weniger Details brauchen Sie!«

Malone sah zum Fenster. Draußen war es dunkel — es war schon sehr spät.

»Wenn ich diesen Fall nicht bald löse«, murmelte er, »schmeißt Burris mich raus ...«

»Denken Sie nicht an Burris ... wahrscheinlich ist das Ihr Fehler. Wenn Sie sich nicht genug konzentrieren, schaffen Sie es nie!«

Wieder starrte Malone die Zeichnung an.

Er versuchte, alles aus seinem Gehirn zu verbannen, was nichts mit dieser Aufgabe zu tun hatte. Mit aller Kraft vertiefte er sich in die Zeichnungen, die verschiedene Dinge aus seinem Büro in der 69sten Straße darstellen sollten. Als die Dinge klare Gestalt annahmen, begann er mit den weiteren Gedankenübungen, die Dorothy ihn gelehrt hatte.

Er hörte eine Uhr ticken. Dann nichts mehr.

Nur noch das Bild war da — und das Zimmer, das es darstellen sollte ...

Malone sah auf. »Was ist geschehen ...?«

Niemand antwortete.

Er war nicht mehr in seinem Hotelzimmer. Er stand mitten in seinem Büro.

Es hat funktioniert!

Malone ging zum Lichtschalter und schaltete die Beleuchtung ein. Er sah sich um. Es war sein Büro!

Er war ein Teleport!

Vorsichtshalber kniff er sich in den Arm, und es schmerzte tatsächlich. Er träumte also nicht. Er rief die Zentrale an und ließ sich mit dem Hotel New Yorker verbinden. »Geben Sie mir Zimmer 814.«

Der Bildschirm blieb dunkel. Dann meldete sich wieder die Vermittlung. »Es antwortet niemand!«

Malone runzelte die Stirn und schaltete ab.

Irgend etwas stimmte nicht. Er mußte sofort zurück ins Hotel!

Aber wie? Er hatte kein Bild des Hotelzimmers in seinem Buch. Er besaß auch keine Fotografie davon — überdies hatte Dorothy ihm gesagt, daß die Teleportation mit Fotos nicht zu bewerkstelligen war, weil diese zu vollständig waren: sie regten die Vorstellungskraft des Gehirns zu wenig an. Nur mit einem Symbol war es möglich . . .

Malone machte sich Sorgen um Dorothy. Warum war sie nicht auf dem Bildschirm erschienen?

Er schloß die Augen und versuchte, sich sein Hotelzimmer vorzustellen. Die Couch — dort. Links der Toilettentisch. Der Teppich, die Wände, der Tisch . . .

Malone konzentrierte seinen ganzen Willen — bis es ihm gelang, das ganze Zimmer vor seinem geistigen Auge entstehen zu lassen. Er konzentrierte sich . . . konzentrierte sich —

»Sir Kenneth!« sagte eine Stimme. »Stehen Sie nicht mit geschlossenen Augen herum! Helfen Sie mir lieber bei dem armen Kind hier: Sie ist ohnmächtig.«

Malone riß die Augen auf: Seine Vorstellung war Wirklichkeit geworden. Es hatte geklappt!

Nur eins war anders: In der Mitte seines Hotelzimmers stand die Queen . . .

Dorothy lag auf der Couch, und ihren gemeinsamen Bemühungen gelang es schließlich, sie aus ihrer Ohnmacht zu erwekken.

»Wer ist diese Frau?« hauchte sie verstört.

»Königin Elisabeth I. von England«, stellte Malone vor.

»Ich bin verrückt geworden!« sagte Dorothy schwach.

»Sie sind nicht verrückt«, beruhigte Malone sie verlegen. »Aber . . .« er wandte sich an die Queen, »wie sind Sie denn hierhergekommen?« Dann fiel es ihm plötzlich von selbst ein: »Sie haben unsere Gedanken belauscht — die ganzen vier Tage lang . . . und jetzt sind auch Sie ein Teleport!«

Dorothy sah die kleine alte Dame verblüfft an: »Aber wie konnten Sie sich einen Ort vorstellen, den Sie vorher nie gesehen haben?«

»Ich habe ganz einfach die Gedanken von Sir Kenneth mitgelesen, meine Liebe.«

»Sir Kenneth . . .?«

Die Queen beachtete sie nicht. Aufgeregt wandte sie sich an Malone:

»Jetzt können Sie die Jungen fangen, wissen Sie das? Sie haben einen ungeheuren Vorsprung vor ihnen . . .«

»Wieso?«

»Sie haben die Fähigkeit, die die Jungen nicht besitzen! Sie haben das immer Glück genannt, Sir Kenneth. Sie sind viel zu bescheiden. Wenn Sie einmal zurückdenken, werden Sie sich erinnern, daß Sie es immer Glück nannten, wenn Sie zur rechten Zeit am rechten Ort waren ... genau wie Sie zum Beispiel ausgerechnet in Greenwich Village gelandet sind — und zwar bevor Mike dort hinkam!

Sir Kenneth, Sie haben hellseherische Fähigkeiten! Sie waren sich dieses sechsten Sinnes bisher nur nicht bewußt. Und Sie werden diese Jungen fangen, wenn es Ihnen gelingt, noch einmal vor ihnen am rechten Ort zu sein!«

Malone ließ sich erstaunt neben Dorothy auf der Couch nieder.

». . . ich werde Ihnen natürlich dabei helfen«, fuhr die Queen fort. »Ich werde Mikes Gedanken lesen und auf diese Weise herausfinden, was die Jungen als nächstes vorhaben . . .«

Zwölf Stunden später saß Kenneth Malone im hinteren Raum eines großen Sportgeschäfts in der Madison Avenue. Bei ihm waren Boyd und zwei FBI-Männer vom Büro in der 69sten Straße.

Die vier Männer schwiegen; eine fast unerträgliche Spannung lag über dem kleinen Raum. Malone wäre gern auf und ab gegangen, aber er wagte es nicht — es kostete ihn große Mühe, ruhig zu bleiben, obwohl sein Plan glücken mußte.

Auch die Queen war von seinem Gelingen überzeugt. Sie hatte ihm versichert, er habe außergewöhnliche Kräfte und Fähigkeiten — unseligerweise war Malone selbst nicht so fest davon überzeugt ... war es nicht ebensogut möglich, daß sie sich irrte?

Sein sechster Sinn hatte ihm gesagt, daß dies hier der Ort sei, wo er die Stummen Geister heute abend treffen würde. Wo sie versuchen würden, einzubrechen ...

Und die Queen hatte es ihm bestätigt.

Der große vordere Verkaufsraum war wie gewöhnlich um diese Zeit noch beleuchtet, und die automatische Schaufensterreklame blinkte in regelmäßigen Zeitabständen.

Das kleine Zimmer jedoch, in dem die vier Männer hockten,

war dunkel. Ein dicker Vorhang schloß ihn gegen den Laden hin ab.

Malone starrte durch einen schmalen Spalt hinaus, bis seine Augen schmerzten. Er hatte regelrecht Angst, den Augenblick zu versäumen, in dem die Stummen Geister vor dem Geschäft erscheinen würden ... Alles mußte auf die Sekunde genau nach Plan verlaufen.

Und jeden Moment mußte es so weit sein.

In ein paar Minuten würde alles vorüber sein.

Malone hielt den Atem an.

Dann sah er, wie jemand langsam am Schaufenster vorbeiging und wie zufällig im Vorübergehen einen Blick hineinwarf.

Mike Fueyo.

Sekunden vergingen.

Und dann waren sie plötzlich da. Alle acht. Fast gleichzeitig standen sie im Laden.

Mike Fueyo sagte mit unterdrückter Stimme:

»Los! Schnell! Wir haben nicht viel Zeit. Wir —«

Malone konzentrierte sich auf den vorderen Raum, in dem die acht Stummen Geister standen.

Eine gespenstische Stille herrschte.

Malone fühlte, wie ihm der Schweiß von der Stirn tropfte. Aber er gab nicht nach — sein Blick umklammerte die Stummen Geister.

»Was ist denn los?« fragte der größte der Jungen plötzlich. Es war Ramon Otravez. »Was ist los, Mike?«

»Ich ... ich weiß nicht«, erwiderte Mike Fueyo mühsam. »Ich kann mich nicht bewegen —«

»Eine Falle!« schrie einer der Jungen.

Jetzt spürte Malone seine Kraft — die Kraft seines starken Willens, mit der er die Jungen festhielt, indem er ihren schwächeren Willen mit seinen eigenen Gedanken auslöschte.

Wie festgewurzelt standen die acht Geister im Raum, unfähig, sich zu bewegen.

Malone wartete noch eine Sekunde und ging dann hinaus.

»Hallo, Jungs!« sagte er lässig. »Ich habe auf euch gewartet!«

Mike Fueyo schluckte. »Sie haben uns gefunden! Wer hat uns verraten?«

»Niemand.« Es fiel Malone immer leichter, sich zu konzen-

123

trieren. Je länger der gleiche Zustand anhielt, desto weniger Kraft brauchte er aufzuwenden. »Ich wußte, wohin ihr heute abend gehen würdet — ich habe schließlich auch ein paar außergewöhnliche Fähigkeiten, genau wie ihr.«

»Er blufft«, sagte Ramon Otravez. »Dahinter steckt irgendein fauler Trick.«

»Halt die Klappe!« fuhr Mike Fueyo ihn an.

»Kein Trick«, sagte Malone grinsend. »Ich warte schon eine ganze Weile auf euch. Ihr könnt euch nicht bewegen, nicht wahr?«

»Wie kommt das?« Mike sah sich ängstlich um. »Giftgas?« Malone schüttelte den Kopf: »Quatsch!«

»Elektrizität?« Mike suchte verzweifelt nach einer Erklärung, um seine Niederlage erträglicher zu machen. »Sie haben irgendeine Maschine hinter dem Vorhang dort . . .«

»Unsinn!« sagte Malone freundlich. »Ich brauche keine Hilfsmittel dazu — ich werde ganz allein mit euch fertig, seht das doch endlich ein!« Er wußte: Die nächste Minute würde schwierig sein. Unter Aufbietung seiner gesamten Willenskraft behielt er das Bild des Ladens in seinem Gedächtnis und versuchte sich in die gegenüberliegende Ecke des Raumes zu versetzen. Zuerst geschah nichts, dann aber:

»Sie sind ein Teleport«, sagte Mike entsetzt.

»Noch mehr«, erwiderte Malone in der anderen Ecke des Raumes, »ich kann euch außerdem daran hindern, von hier zu verschwinden. Verstanden?«

Für die acht, die immer geglaubt hatten, sie seien etwas Besonderes, war das ein gewaltiger Schock. Malone wußte, als Mike Fueyo verblüfft und wortlos nickte, daß er das Spiel gewonnen hatte.

»Und jetzt«, sagte er energisch, »kommt ihr alle mit ins FBI-Büro. Versucht gar nicht erst, auszukneifen — es gelingt euch doch nicht . . .«

»Er hat recht!« sagte Mike leise.

Malone rief Boyd und die beiden anderen FBI-Leute hervor. Sie öffneten die Ladentür und brachten die willig gehorchenden Jungen hinaus zu den um die Ecke parkenden Wagen.

14

»Meine einzige Sorge war, ob sich unsere Theorie als richtig erweisen würde. Nach allem, was wir wußten, mußte es mir gelingen, durch eigene Konzentration auf den Raum mit den darin befindlichen Jungen die Stummen Geister daran zu hindern, wieder zu verschwinden.«

Er reichte Dorothy ein Glas Champagner. »Für Mike und die anderen war es natürlich ein Schock, vor allem, weil ich sie mit ihren eigenen Waffen geschlagen habe.«

»Ich bin so froh«, sagte Dorothy, »daß jetzt alle Beteiligten zufrieden über diese Lösung sind. Sogar Polizeichef Fernack — nachdem ihm Burris einen Orden versprochen hat.«

»Und der alte Lynch. Er wird befördert. Und der komische Kettelmann. Er ist von der Regierung offiziell belobigt worden . . .«

»Nur die Jungen werden noch einige böse Monate durchzumachen haben, ehe sich auf ihre Gesichter mal wieder ein frohes Lächeln stiehlt«, unterbrach ihn Dorothy.

»Allerdings«, sagte Malone. »Wenn man schon so tolle Eigenschaften hat wie die Jungen, ist das noch lange kein Freibrief für Gesetzesübertretungen. Und das muß den Kerlen nachdrücklich klargemacht werden. Ein halbes Jahr Jugendstrafe ist ihnen sicher, da kommen sie nicht dran vorbei.«

»Ist es wirklich so arg?« fragte Dorothy bedrückt.

»Eine nachdrückliche Belehrung muß sein«, gab Malone zurück. »Besondere Gaben verpflichten ganz besonders zur Zurückhaltung, sonst geht unsere ganze Gesellschaftsordnung zum Teufel. Ich glaube aber, daß das halbe Jahr — eventuell auch nur vier Monate — eine nachdrückliche Warnung für die Jungen sein wird. Und Jugendstrafe wird nicht eingetragen. Sie haben also ihr Leben nicht als Vorbestrafter zu verbringen.«

»Nun, offenbar muß es so sein . . .«

»Allerdings, es muß sein. Und der Schadenersatz, den die Burschen in den nächsten Jahren abzahlen müssen, ist auch nicht von Pappe«, fügte Malone hinzu.

»Es wird schwer für sie werden«, meinte Dorothy bedrückt.

»Ordnung muß sein«, sagte Malone kurz. »Daß wir sie hinterher unter Staatseid nehmen, ist eine andere Sache. Diese Eigenschaften müssen für die Regierung ausgenutzt werden. Und wenn sie sich des Vertrauens, das man in sie setzt, würdig erweisein, können sie jederzeit nach Hause zurückkehren, übers Wochenende oder sogar jeden Abend — wenn sie sich über diese Entfernung teleportieren können!«

Malone machte eine Pause.

»... unser Land braucht Menschen mit außergewöhnlichen Fähigkeiten, und wenn sie aus dem Jungenalter heraus sind, können sie vielleicht einmal wichtige Funktionen bekleiden!«

»Ich liebe dich!« sagte Dorothy einfach.

Malone antwortete nicht. Er küßte sie wortlos auf den Mund. Sanft schob Dorothy ihn von sich.

»Ich bin neidisch!« sagte sie. »Alle haben es gut. Kriege ich gar nichts, bloß weil ich das Notizbuch gestohlen habe?«

»Was möchtest du denn haben?«

»Noch einen Kuß...«

Sie küßten sich zum drittenmal innerhalb von zehn Minuten, und Malone war glücklich.

Dies war ein Fall, um dessen Lösung er sich keine Sorgen zu machen brauchte...